Le planisphère Libski

GUILLAUME SØRENSEN

Le planisphère Libski

ÉDITIONS DE L'OLIVIER

ISBN 978.2.8236.1492.3

À mes parents et à mon frère,
Et bien sûr à Mark Hollis (1955-2019).

« On opte, on tranche aussi longtemps qu'on s'en tient à la surface des choses ; dès qu'on va au fond, on ne peut plus trancher ni opter, on ne peut plus que regretter la surface… »

Cioran, *De l'inconvénient d'être né*

Quelques jours après la remise de mon rapport à l'ONU, j'achetai un de ces planisphères dont la surface métallique est semblable au masque opaque d'un jeu à gratter.

D'habitude, quand on s'en offre un, le but est d'afficher cela à la vue de tous, dans le salon par exemple, et de gratter ensuite la surface de chacun des pays du globe que l'on a visités. Ils se découvrent alors, différenciés les uns des autres par une large gamme de couleurs criardes. Histoire de pouvoir faire le malin. Parler du Costa Rica, de la Chine, ou de l'Australie en cas de blanc dans une conversation.

Je l'accrochai derrière le miroir de la salle de bains, celui qui cache les médicaments, pansements, crèmes de jour, de nuit, mousses à raser et pinces à épiler.

Je mis un certain temps à me souvenir de tous les endroits exacts ; pour indiquer les villes, j'achetai des épingles avec une étiquette vierge attachée à la tête.

Je refermai la petite armoire, me suis retrouvé, en conséquence, devant ma tronche mal rasée pleine de peaux mortes soulignée de cernes épais.

Je repensais à ce temps béni où le seul pays gratté aurait été la Belgique.

Belgique

1

Je n'ai jamais réussi à transformer mes sources d'angoisse en distractions.

Si cela avait été le cas, j'aurais pu passer des nuits complètes sans avoir mal au ventre, peut-être même aurais-je été heureux. Quoique : amusé par mes tourments internes, impossible de trouver le sommeil non plus. Et mes maux de ventre proviendraient des séances de poilade nocturnes au sujet de mon désespoir. Une angoisse hilarante tient éveillé tout autant.

Eddy, il y a des années, assis l'un en face de l'autre à l'Augustin, je venais de te raconter ma nuit d'insomnie.

Peu impressionné par la locomotive nocturne de mon esprit, face à moi, tu avais passé les deux mains sur ton crâne de fantasme black pour quinqua de banlieue, caressé tes cheveux gris, le demi-cercle de ta calvitie, trois millimètres de poivre et de sel, un peu de sueur, puis tu m'avais parlé du temps circulaire, tu avais dit, *tu ne vas pas bien ces derniers temps*, puis tu avais répété trois fois une recette de grand-mère à base d'ail et de cannelle, chaque fois moins énergique, et ponctuant de pets de bouche.

Sérieux, j'avais préparé mon petit speech, tout de même. Pas convaincu, tu avais arrosé les cubes de gouda de sel de céleri (Dieu que je déteste ça) et tu les avais enfournés, brute fromagère, avant de terminer sans plus d'élégance un Orval tempéré. Revenu à moi, tu déclaras une envie de pisser et longeas la banquette jusqu'à dépasser le porte-parapluie, pour descendre ensuite l'escalier et disparaître sous le panneau « Attention à la tête ».

J'étais seul à l'intérieur de l'Augustin, pile entre la fin du service de midi et le moment où Sarah décidait de terminer son shift cinq minutes avant Joëlle ; Joëlle arrivait donc en retard, Carlos soulignait le retard, aussi Sarah entama comme à l'habitude l'après-midi tout sourires, son coup de pute effectué à la régulière.

Je me tâtais. La citron meringuée baissait en qualité ces temps-ci, depuis que Maher sautait la nouvelle, Nouria. Je retrouvais ce moment-là, où il reste trop peu de temps pour lire, aucun sms à revoir, et trop de temps pour que le temps mort donné par la vessie d'autrui empêche de s'ennuyer. J'ai passé huit ans assis sur cette banquette, entre les cours, les examens, ma thèse.

Maher apporta le deuxième café. J'eus une galette bretonne et toi, un spéculoos.

Tu refaisais le monde à coups de nihilisme, tu accusais la blancheur de ma peau et le job de cadre très supérieur de mon père. Condamné à penser comme un Blanc friqué vaguement dépressif, je trouverais un travail de conseiller politique, d'attaché à je ne sais quel ministre de seconde zone, puis je me marierais avec une blondasse flamande et bourgeoise, une héritière dans l'industrie de la betterave sucrière, tiens. Je ferais lire Cioran à mes trois gosses, avant de m'éteindre, satisfait d'avoir occupé une place proprette dans le grand carnaval de la vie. Bien sûr, j'aurais publié ou non un ouvrage rêvé. La réponse à cette question essentielle dans ma tête n'avait, à l'échelle cosmique, aucune espèce d'importance.

Là, tu éclatas de rire. Je tournai la cuillère dans mon café, un espresso sans lait, sans sucre, sans miettes.

Ni tes moqueries autour de l'avenir de mon personnage, ni ton incapacité à pisser droit, ni mon envie réprimée d'imiter un Noir pour te taquiner n'arrivaient à me remonter le moral.

Alors, tu fis ce qu'un ami fait dans ces cas-là : tu cessas de parler, le buste en arrière, le bras le long de la banquette, et nous observâmes le reste du monde, derrière la vitre immense qui encadrait l'entrée du café-restaurant.

Carlos engueulait l'une des filles dans un désastreux hispano-français tandis qu'il bataillait avec un CD péruvien de reprises de Céline Dion, lancé trois fois depuis notre arrivée ; Maher peignait ses cheveux gras en remplissant le bac des frites, à gauche du comptoir, dans la cuisine. Joëlle ne captait toujours pas le principe *numero uno* dans la restauration : si un client croise ton regard et que sa tasse est vide, il veut probablement boire ou régler la note. Voilà ce qu'on gagnait, au vingt et unième siècle, à engager des étudiantes pour l'esthétique et non l'efficacité.

Je cassai le tableau. Dans un soupir, tu dis qu'aller voir mon père demeurait, effectivement, une bonne option.

Lui saurait quoi faire de ma vie, si moi je l'ignorais.

2

Papa. André-Marion Horace Camille Libski. Puissant, la chevalière au petit doigt, le veston rouge sur la chemise blanche et la veste en soie bleu pétrole, tu parcourais *Le Monde diplomatique* d'un air satisfait. Tant de fois tu m'avais pris par l'épaule en me montrant le ciel et l'horizon, écartant le bras d'un mouvement lent et grandiose, pressé de divulguer les secrets d'une vie de labeur, de remises en question et d'autodiscipline, contre l'adversité, défi constant qui n'avait fait qu'aiguiser ton appétit de sommets inviolables.

Tu demeurais l'un de ces vieux types que les cyniques aiment pour leurs travers, les naïfs pour leur bagout, les sages pour l'énergie, les femmes pour l'aura de force tranquille à la scénographie savamment étudiée. Tu étais dans la phase 3 de ta vie : les galas de charité et autres clubs philanthropiques. Tu avais tant dit « mon fils, docteur en philosophie et théologie » que la salive devenait denrée rare entre tes quenottes défraîchies bien qu'impeccablement blanches et, maintenant, ton dernier geste de patriarche devait décider de mon destin.

Destin farceur : je mesurais cinquante bons centimètres de plus que toi et, comble du chic, j'étais osseux, diaphane, roux, hypersensible à la lumière. Nous partagions un nez en triangle rectangle. Des yeux bleu acier. Toi, seigneur des fourmis tiré de la fange à la force du poing ; moi, roseau pensant poussé sur la poussière floue de notre satellite naturel. Lunaire.

Tu déployas tes mains en empereur romain. Tu écoutas attentivement. Tu hochas la tête, grave comme une montagne infranchissable de conte chinois. Tu te levas, les mains derrière le dos, le regard face à la fenêtre derrière ton fauteuil à oreilles. Tu réfléchis, pareil à un général américain dans un film bourré d'explosifs.

Il y eut, à l'âge de quatre ans, le test de quotient intellectuel ; une fierté immense ! Tant de promesses dans ces deux cent cinquante points, « on n'a pas vu ça depuis Goethe ou Herbert von Karajan, monsieur Libski, votre fils est un haut potentiel stratosphérique ! Les outils théoriques pour mesurer son intelligence avec précision n'existent pas ! ».

Il y eut, à quatorze ans, malgré une gueule de tarte aux fraises acnéique, le concours de débats et ma polysyndète assassine ! L'assistance était clouée, le fils prodige démontrait ses talents sous les yeux de tous, terrassait ses adversaires avec grâce et résolution.

Et bardaf, l'embardée, le drame, à dix-huit ans : la philosophie.

Une envie tenace. Tu avais tout tenté pour me dissuader : démontage en règle des pseudo-philosophes médiatiques, dissertation velue à propos de l'abyssale médiocrité intellectuelle de l'institution universitaire et même de copieux pots-de-vin ; une Porsche 911 année 1967 d'un noir félin, appartement luxueux et baignoire à pattes de lion, colocataires Erasmus d'origine suédoise, curieusement tombées en extase devant moi. Hélas pour toi, je tins bon.

Tout de même, toi qui avais prédit la catastrophe, tu te voyais maintenant rassuré sur tes dons de médium. Enfin je venais à toi, implorant, repenti prêt à accepter les augustes lumières paternelles ! Il fallait trouver quelque chose.

Tu répugnais à cette idée. Elle te dégoûtait. Mais le temps où tu me voyais suivre le *cursus honorum* de bon cœur, profitant de l'empire relationnel que tu avais établi, était révolu. Je ne serais pas un mandarin des rouages du pouvoir, une de ces mains invisibles, hauts fonctionnaires, installés entre des barèmes délirants. Je n'aurais pas l'héritière flamande dans l'industrie de la betterave sucrière. Je ne lirais pas Cioran ou Theodore Roosevelt à tes trois petits-enfants. Je n'aurais pas le prix Auguste-Comte pour mon ouvrage traduit en six langues dont le coréen. Je ne réfléchirais jamais, la main posée sur ton portrait en buste de marbre rose, la main gauche sous le menton, avec à ma bouche ces mots d'une progéniture droite dans sa gratitude : « Que ferait père dans cette situation ? »

Non. Pire : je serais un gosse de riche, hyper éduqué, hyper cultivé, occupé à pomper un patrimoine en grattouillant vaguement une œuvre à la con. Tant pis. Autant me rendre utile.

Je reçus de toi une proposition à valeur d'ordre ou de mission : l'ONU désirait un rapport d'un genre nouveau, un regard neuf sur la question des animaux migrateurs. Ce rapport devait être rédigé par un penseur – quelle aubaine – et comporter une note sur un échantillon représentatif du monde animal. La liste présentait une quinzaine d'animaux, de quoi voyager pour des années. En outre, l'équipe comportait moult scientifiques, experts, traducteurs, artistes en partenariat subventionnés et autres *saltimbanques* – le mot est de toi – venus observer, analyser, discuter ces animaux-là. Je n'aurais rien à apprendre à part les notions de survie de base, un test de nage sur 100 mètres départ plongé et deux trois rudiments de navigation et d'escalade. J'avais près d'une décennie pour rédiger ce rapport de forme libre, tous frais payés, et terminer, dans deux lustres, avec un grand discours pompeux devant les non-prolétaires de tous les pays.

Tu espérais seulement que si j'engrossais une artiste peintre, elle prendrait la décision d'avorter.

3

Lorsque je lui annonçai mon départ prochain pour l'autre bout du monde où un animal dont je ne connaissais rien perpétuait le cycle de son espèce contingente, elle reprit une cigarette et dit quelque chose de proverbial dans un dialecte proche du mandarin qui, de mon point de vue d'ignare, sonna comme une insulte.

Une cigarette parfumée à la réglisse.

Zhi ou bien Zhi Bu, je n'ai jamais compris le sens des patronymes chinois. *Zhi.*

Apportant le linge et fumant ces horribles cigarettes à la réglisse, les lèvres minuscules et fripées, nappées d'un baume criard, une *variété de violet tirant sur le noir verdâtre* (dixit maman). Invariable jogging blanc erreur de lavage pour le bas, T-shirt à paillettes trop serré sur ses bourrelets (délicieux bourrelets) pour le haut. Rasée à trois millimètres du nord au sud. Cheveux noirs libres en été, sublimés d'une chapka pleine de trous en hiver. Trapue, un bonhomme de neige pékinois perdu entre les slips distendus et les chemises achetées par deux rayon hommes des gens juste assez riches pour s'offrir quelques titres-services. C'est-à-dire pas nous. Nous, on l'*employait*.

Ma mère accueillait Zhi Bu avec cette condescendance bienveillante des bourgeoises blanches pour leurs esclaves ; elle parlait de ses idées formidables de scrapbooking, de la polémique battant son plein autour de la molécule N_2 je ne sais quoi, saloperie des bouteilles de fausse neige, avant de plaisanter sur la dernière réunion sextoys où Marie-Thérèse avait enfilé le string bonbons d'essai à l'envers.

Zhi ne connaîtrait jamais Marie-Té et comptait laisser ce drame prendre corps et fin sans intervenir. Opaque, alignant trois mots maximum, elle lisait revues porno sur revues porno, qu'elle déguisait d'un couvre-livre *Cuisine Actuelle*.

C'est d'ailleurs ce petit secret qui me rapprocha d'elle l'année de mes seize ans.

Le panier à linge bourré de mes slips pas si coupables, elle poussa la porte de ma chambre d'un coup de pied de western. La voir brandir mes sous-vêtements souillés en hurlant dans un dialecte rapide et abrupt quelque sermon brumeux de postillons m'arracha un fou rire monumental.

Rouge, son souffle repris, elle sembla soudain considérer la situation sous un autre angle. Elle s'assit à côté de moi, très près, sur le couvre-lit en patchwork où, je cite, « ton arrière-grand-oncle cacha sa véritable identité avant une rafle », puis prit un malin plaisir à me voir transpirer lorsqu'elle me dévoila sa lecture de l'après-midi : sur une double page haute définition, une Chinoise n'en finissait plus de disparaître sous de nombreux corps musculeux occupés à lui faire regretter un vice laissé à la discrétion du lecteur.

Gloire et stupéfaction ! J'étais devenu Hermie dans un remake d'*Un été 42*. Déjà, je sentais en moi les douces notes de piano de Michel Legrand amplifier les plaisirs timides de la découverte sexuelle ; je me tenais prêt à affronter les élans maladroits de mes mains moites, de ma langue baveuse et débile, des rougeurs sur mon visage recouvert d'une barbe duveteuse et clairsemée.

J'eus du mal à jouir au début, contrarié de trouver une peau flasque et des poils gris là où Internet m'avait appris à ne rien voir sinon une couche d'autobronzant épaisse comme la discographie d'Elton John. Peu importait ; j'étais le héros de ma *telenovela* interculturelle ; ma mère pouvait nous surprendre et lâcher son sac de courses, horrifiée, la main devant la bouche. Une main aux ongles repeints à neuf chaque mercredi – elle serait en pleine période papillons à paillettes –, ses *smokey eyes* prêts à succomber à des larmes de désespoir.

Cette visite fut la première d'une longue série.

Je pouvais, lorsque Zhi s'était fait faire le maillot, relier les racines de poils gris et reformer le ciel nocturne et ses constellations fabuleuses ; je devenais Abd al-Rahman al-Soufi et réécrivait le *Livre des étoiles fixes* sur le pubis d'une lavandière d'Extrême-Orient. Elle se plaisait, après l'amour, à parler pendant des heures, dans sa langue, de choses apparemment graves, puisque son regard prenait un tour lointain et terreux ; je reconnaissais des noms de lieux à force, je suis presque persuadé qu'elle racontait toujours la même histoire. La sienne ? Celle de sa famille ?

Elle tournait son doigt autour de mon nombril en discourant et en fumant ses cigarettes noires et sucrées parfumées à la réglisse. Elle – une tour – dont les marches, couvertes de fleurs en pots, menaient jusqu'à la hauteur inimaginable d'où les laissés-pour-compte regardent et laissent les événements décanter, déteindre et faner. Elle me semblait fumer de cette hauteur en me regardant, je n'osais plus y voir ma jouissance puérile ou un réceptacle de mon désir, j'éprouvais de la honte à peser sur elle comme ma mère sans pouvoir faire autrement, à ne rien comprendre au désir que je suscitais, au plaisir qu'elle prenait à me voir prêter une oreille attentive, ne rien perdre de sa logorrhée sans doute intime, sans doute basse, murmurée, incomprise de son public.

Je fis ensuite de pâles conquêtes, des jeunes femmes de mon âge, à la fin de l'école secondaire, aux premières années d'université, la plus récente dans les toilettes d'un colloque sur Schopenhauer, une doctorante germanophone ; je me souviens bien d'elle, pas tant à cause de la chronologie, mais parce que le dérouleur de papier-toilette avait appuyé pendant nos courts ébats sur sa fesse gauche, bien ferme. La trace rouge ressemblait au nez de Valéry Giscard d'Estaing. Elle était, pour être honnête, au moins aussi érotique que lui.

Zhi, elle, demeurait bien en place, point de fuite, impitoyable standard hors d'atteinte, golem de ma sexualité depuis plus de dix ans désormais.

Après son proverbe assassin, je me tournai vers elle. Elle fumait, les yeux bien ouverts. J'aurais voulu qu'elle s'attriste, troublée. Qu'elle réprime, douloureuse, amère et désolée, un sanglot de départ. Un mouchoir à la main, vêtue d'un chapeau Coco Chanel à l'ancienne mode et de gants en dentelle de Bruges, elle me saluerait une dernière fois au bord du quai, captant les ultimes reflets métalliques du navire évaporé dans le lointain, puis assise, lente et précieuse, à genoux au milieu de la jetée déserte, elle laisserait s'échapper un cri, un torrent de larmes, cédée, offrande au monstre sans âme qui sépare les êtres amoureux.

Mais elle ne disait rien.

À court de cigarettes, elle enfila son jogging, réajusta l'élastique pour que les fils pendouillent à la même hauteur, renifla et cracha dans le cendrier de poche, et avant que j'aie eu l'occasion de lui dire que son T-shirt était à l'envers, elle était partie.

Belgique, à bord de l'*Izoard*

4

Je feuilletais un catalogue de meubles dans la salle d'attente où je tuais le temps avant mon rendez-vous avec le capitaine de l'*Izoard*. Le capitaine, dans son bureau attenant à la salle, s'engueulait avec un matelot indocile dont la prostituée de la veille avait vomi sur le pont. La porte du bureau vrombissait. Je m'attendais presque à une explosion ou un déluge de flammes.

Le matelot s'était évadé du bureau. Une cigarette au coin de la bouche, il l'alluma, puis garda les mains dans ses poches, le regard au sol. Il écrasa sa cigarette et hocha la tête vers moi avant de partir. Qu'est-ce que je foutais là ?

Le capitaine sortit, l'air de faire de trop grands pas pour son entrejambe.

– Ah, c'est vous ? Falschfassung vous dira tout de la marche à suivre. Il se prépare probablement un guacamole à l'heure qu'il est. Je préfère ne rien ajouter, je vous laisse découvrir l'animal…

– Je…

– À droite, au bout, derrière moi. L'escalier en colimaçon, derrière le local de la cage à requins.

Je passai le local de la cage à requins en me rappelant cette case de BD où un squale déchiquette une cage de ce genre. Un homme-grenouille tétanisé par la peur y est emprisonné, et on peut lire la pensée du requin : « Pauvre vieux, je vais te sortir de là. »

Falschfassung tartinait une longue demi-baguette française, croustillante, au pain blanc et léger. Je détestais ce must culinaire *frenchie*, dont l'ampleur de barbe à papa farineuse me laissait perplexe. Impossible d'y étendre la moindre garniture sans voir tout s'effondrer ou s'aplatir. La baguette, ce goût de souvenir d'enfance terni à jamais par la vérité.

Il mâchouillait son sandwich au guacamole en ouvrant la gueule puis en la laissant retomber sur sa prise ; la gravité mangeait à sa place. Je le regardai mastiquer au moins cinq minutes, perdu au sein de cet entre-deux pervers et tacite où l'observé feint la candeur du solitaire absorbé par sa tâche et le voyeur mime ce mix d'effroi et de gourmandise propre aux laids, un regard huileux et brillant en travers du visage. Mes mains se recroquevillaient et se serraient à chacune de ses mastications ; parvenues le long de mes cuisses, tout à fait tendues et serrées en deux poings crispés, elles se déplièrent à nouveau et remontèrent le long de mon torse jusqu'à l'épaule gauche, comme deux ninjas décidés à filer au plus vite, incapables de tirer leur maître de la fascination répugnante où il se vautrait. Cette peinture fortuite d'un gargantuesque Teuton, de son *swing* épidermique – son triple menton voguait au gré des danses appliquées de sa mâchoire –, atteignit son paroxysme au moment où il déplia une gigantesque serviette couleur saumon. Il y avait de nombreuses taches de gras et de matières noires sur ce tissu d'un goût discutable. Je décidai de mettre fin à la mascarade lorsqu'il sortit un miroir de poche et s'entraîna à roter tout en s'appliquant une copieuse dose de fond de teint mandarine.

– Le capitaine m'a dit que vous m'expliqueriez quoi faire. Falschfassung, je présume ?

– Je suis épuisé. Nous parlerons demain.

J'avais supporté de voir cette monstrueuse masse de graisse sans cou se bâfrer. Dussé-je la menacer avec mon couteau suisse, je ne la laisserais pas s'enfuir.

– Quel dommage ! Demain je ne saurai être présent, d'ultimes préparatifs à terre me retiendront encore.

– Bon, bon.

Il épousseta le bas de son veston en velours côtelé rouge brique avant de tirer les manches de sa veste à carreaux bleu-vert indéfinissable ; je tressaillis. Ses cheveux roux et bouclés, pendus jusqu'à ses énormes fesses, démarraient en de multiples déserts frontaux ; ce qui lui restait de cheveux était gras et luisant dans la lumière avare du port. Il sentait l'huile de friture et la pizza froide, curieux point sympathique. Lorsqu'il remit ses lunettes en place, je vis qu'il se rongeait les ongles jusqu'au sang.

Employé à orchestrer la scène d'une lenteur calculée, il poussa le papier brun de la baguette, les miettes, le noyau et la peau de l'avocat au ralenti. Le frottement de son bras et des déchets contre la table donnait un air de thriller à la minuscule cabine où, seul jusqu'alors, le frigo grinçait et gouttait sans considérer aucune raison de s'interrompre.

Un jour, l'une de mes relations rendra la vie de ce Teuton infernale ; sans aucune explication, son passeport sera invalidé, on ne retrouvera plus son dossier médical, ou pire : une simple pastille électromagnétique ou je ne sais quel prodige informatique implanté dans son corps le privera de connexion Internet pour toujours.

Je me mis à souhaiter qu'en tout lieu, les plus abjectes déconvenues l'accompagnent, de la crotte de chien jusqu'aux clés de voiture dans le caniveau ; qu'il soit enfermé dehors *ad vitam æternam*, mort de faim sur son paillasson Garfield « Welcome ». Que le facteur confonde son courrier chaque jour que Dieu fait, que pour lui et lui seul les transports soient en retard de plusieurs heures, que les taxis l'évitent, qu'il oublie d'éteindre le gaz et décide ce jour-là de faire un écart cigarette, qu'un lion se soit échappé du zoo et le bouffe tout cru.

Je m'en voulais d'être aussi banal, enclin à la haine gratuite ; tant de colère en moi pour un rouquin adipeux myope et mal habillé m'étonnait. Il ne fit rien pour arranger les choses.

– Vous êtes une sorte de quoi ? De vacancier ?

Il avait marqué une pause entre les deux questions, pour chercher le terme poli.

– Je suis philosophe et théologien. J'ai publié une thèse sur le concept d'énaction comme outil épistémologique intitulée *Cognition incarnée : des neurosciences à la justice environnementale.*

– Ne vous vexez pas mais j'éprouve de grandes difficultés à comprendre pourquoi, même en philosophie, certains s'efforcent – on dit ça, en français, « s'efforcent » ? – d'être à la mode.

– Oui, on dit bien « s'efforcer ». Et vous ?

– Je suis spécialiste de linguistique et philosophie comparée. J'étudie les termes propres à une langue et j'essaie, dans la mesure du possible, de lier contexte d'énonciation et perception du réel, de créer du sens avec les outils de la linguistique comparée. Guy Deutscher était mon directeur de thèse. Et vous ?

– Charles T. Todische.

– Connais pas.

Bien sûr.

Il commença à fredonner du Yann Tiersen, une fausse note à la fois.

– Nous parlerons demain, c'est vrai qu'il se fait tard.

Il hocha la tête en souriant à demi.

Je repartis en m'arrêtant plusieurs fois pour repasser la scène dans ma tête, à chaque fois un arrière-goût amer me baignait la bouche. Je trouvai le capitaine occupé à remplir son stylo plume d'encre. Il jurait.

– Pas évident, le philosophe allemand, hein ? Alors ?

Je bafouillai.

– Insupportable, pas vrai ? Une fois, j'ai dû réveiller trois hommes pour le sortir de l'eau : il avait voulu voir le mångata en peignoir un soir de pleine lune où la mer était houleuse. Il a failli se noyer. Pas un merci et il nous a engueulés ; sa GoPro était tombée par-dessus bord.

– Manga quoi ?

– C'est sans importance. Bon, je vais le réveiller de bonne heure, tâchez d'en faire autant, je l'obligerai à vous appeler. La réunion a lieu demain, tout est expliqué là-dedans.

Il me fourra, brusque, une énorme farde à anneaux dans les mains. Je le trouvais déjà fort sympathique.

5

À l'intérieur de la farde, une brochure expliquait l'historique du navire, et le capitaine avait rajouté une liste des membres de l'expédition, avec portraits et minibiographies rédigées à la main au verso de chacun des clichés format A5. D'autres documents suivaient.

Le bateau avait été construit en l'honneur du poète liégeois, le grand Jacques Izoard, patriarche incontesté de la poésie belge francophone, pour l'anniversaire de son décès lors de Liège capitale européenne 2009 de la culture. Durant cet été-là, il devait descendre la Meuse jusqu'à la mer du Nord ; il partit le 19 juillet 2009 mais coula presque aussitôt. Un complot d'anarchistes avait réduit l'entreprise au naufrage. L'épave ne fut pas longtemps en danger : Robert Lejeune, le capitaine, fut si prompt à réparer les dégâts que le bateau, bien qu'immobilisé, put être sauvé de la destruction. Bientôt, les médias passèrent à autre chose ; Liège ne pensa plus aux chantiers navals. Demeurait un bateau presque flambant neuf, à quai, abandonné.

C'est alors que mon père débarqua. Il en était à la phase 3 de sa vie ; celle-ci ne pouvait débuter que sur un acte philanthropique calculé, généreux et, surtout, original ; pas question de constituer une vague association autour d'une obscure malformation infantile bourrée de capital pitié. Pas question non plus de se centrer sur un problème de société qui attirerait son lot de polémiqueurs avides de place publique et de débats zappés. Enfin, point d'anonymat non plus ; à quoi bon être bon, généreux, redistribuer les cadeaux de la vie à ceux qu'elle a oubliés, si la présence des pontes et des caméras se fait nulle ?

Il fallait miser sur l'art ; pas de l'art mouvant, *Photoshop*, girouette, motorisé à grand renfort de passages dans les médias, non. Un art noble, fixe, poussiéreux mais bien enraciné. L'*Izoard*, cette épave pourrissante dont Liège s'était encombrée serait un bon point de départ : ancrage régional, image sacrée de l'écrit, poète inestimable. Restait à trouver quoi en faire.

Cent fois j'entendis cette anecdote. Cent fois elle me parut aussi cynique. Père toussait, laissait un silence élégant se faufiler au bout de son poing de conteur sûr de sa gouaille.

– Je marchais tranquillement dans le centre de Bruxelles ; j'avais quitté la rue de la Loi où j'avais dîné avec le Premier ministre (un homme charmant, quoiqu'un peu mou) ; il était pas loin de 14 heures et un soleil discret dansait avec les nuages gris quand, soudain, un de ces énergumènes en K-way orange m'accosta sans égard. Un envoyé de WWF avec sa pétition et son Bic de témoin de Jéhovah, son discours prémâché. Mentionna-t-il un panda ? Un dragon de Komodo ? Un orang-outan sans domicile fixe ? Je ne puis m'en souvenir. Mais, libéré de ce harceleur via une pirouette discursive, j'en croisai une flopée d'autres entre la Bourse et Centrale. Il me vint une idée, une idée brillante : c'est cela ! L'ÉCOLOGIE ! Cette affreuse manie humaine de se sentir responsable ! Il me suffirait d'y adjoindre quelques saltimbanques et le tour était joué. Je sais, fils, tu vois dans mon discours du cynisme, pas vrai ? Crois-moi, travaille une décennie dans le monde, le vrai, sors de tes cours de philo, et tu changeras de façon de parler. Pas vrai, Marianne ? Il est trop bonne poire, notre Théo.

À chaque fois, il racontait l'anecdote avec de petites variations. À force, j'avais fini par incarner toute la corbeille de fruits. Je ne savais toujours pas ce que signifiait *être un ananas de traviole.* Il avait cette manie qu'ont les grands discoureurs d'appuyer leurs effets de mouvements vifs, précis, autant de points-virgules extradiscursifs, de traits d'épée ; il variait ensuite la voix de la manière adéquate, gagnant l'auditoire via une pointe d'humour bourgeois, un ton d'évidence complice. Impossible de résister et, pour les néophytes, sa voix chaude d'Ardennais massif et trapu faisait toujours son petit effet, bonhomie dédouanée puis amplifiée par un langage soutenu, dont le caractère clivant et acide devenait rond grâce à l'accent sylvestre, l'aménité du ton, le rapprochement presque fraternel du phrasé.

En bref, un homme né pour la politique belge. Une partie de moi l'admirait. Les autres parties se battaient pour tuer la première et, malgré un siège de plusieurs lustres, n'y étaient pas parvenues.

Voilà l'*Izoard* réquisitionné par l'ONU, Robert Lejeune ressuscité grâce à une recherche dans les archives de *La Meuse*, qui avait titré « Robert Lejeune sauve Izoard de la noyade ». Le bateau était une goélette moderne, copie conforme de la goélette *Tara.* La seule différence consistait en une coque peinte en rouge brique, clin d'œil à la Cité ardente. Coque en aluminium, trente-six mètres de longueur, dix de large, deux mâts de vingt-sept mètres, le tout adapté aux rigueurs polaires, avec mousse à l'intérieur ultramoderne, hublots de même.

Les photos maintenant. Il manquait la mienne, quelle délicatesse. La première montrait Falschfassung vêtu d'un tartan aux couleurs criardes. Je ne la retournai pas, je refusais de lire sa biographie. La deuxième, une photo d'une Japonaise de face, en train de sourire. Frange impeccable et serre-tête rose licorne, pull ras du cou en laine beige. Rien d'autre. Presque une photo d'identité. Lejeune avait écrit, au verso :

Gon-Pa, Japonaise de trente et un ans. Imposée par la société Client Partners, qui finance sa venue à bord et une part non négligeable de l'expédition.

Elle était mignonne.

Suivait la photo d'un hipster typique. Chaque année, les marques de prêt-à-porter mettent en scène de fiers Vikings roux et costauds, nantis d'une barbe drue et d'un regard bleu maelström, afin de promouvoir leurs horribles pulls de Noël 100 % acrylique. Chaque fois que je cours en magasin, il n'y a déjà plus ma taille. Ce mec était né pour porter ces pulls.

Yens LeBroux, Norvégien naturalisé français en 2012. Sociétaire du Théâtre des Tanneurs. 38 ans. Équipe de recherche en arts du spectacle.

Quatrième photo : une nana forte, lèvres fines, tétons lourds, courte sur pattes, cheveux courts et teints en rouge quadra. Yeux clairs. La Flamande de conte pour enfants.

Amanda Oranjeschil, directrice du Théâtre des Tanneurs. Équipe de recherche en arts du spectacle. 43 ans.

La cinquième montrait Gustave Courbet mais avec les yeux bleus. Sans déconner ! Je restai coi. Col pelle à tarte, veston éclatant en soie bleu pâle, pantalon blanc façon Tony

Manero, une classe dingue et un air de ne pas avoir toutes les frites dans le même cornet.

Jules Karoo, peintre, sculpteur, bretteur au propre comme au figuré. 33 ans. Sa période toupie corail est terminée. Équipe de recherche en arts plastiques.

La sixième me donna un léger vertige ; le contraste avec la précédente était abyssal. Une photo de permis de conduire, une vraie, c'est sûr, agrandie sur Paint. On n'y voyait rien sinon un teint pâlot, une figure maigre aux traits osseux et peut-être un semi-bouc mal entretenu ? Ou bien une tache d'encre d'imprimante ?

Joseph Buchstabek, jongleur et P-DG de la société Mapelucheencrochet.com. 29 ans. Équipe de recherche en arts plastiques.

Les trois scientifiques : Erik Pontoppidan II, biologiste, 34 ans ; Matteo Rafaeli, géologue, 32 ans ; Déborah Aaronson, chef d'équipe, chimiste, 46 ans. Rien d'intéressant non plus, des photos de CV agrandies sur Paint et leurs fonction, nom et âge au verso. Curieux manque de détails, le capitaine avait dû fatiguer.

Il y avait un document retraçant leurs publications universitaires, mais je ne le lus pas. Je passai vite sur leurs visages, agacé de devoir encore déchiffrer des pixels gros comme mon poing.

Concernant les seconds du capitaine, Jonquille De Weyver et Santiago Tshituka, il y avait une photo de groupe : le capitaine Robert Lejeune se tenait au milieu, sa mâchoire carrée dévoilant un sourire impeccable, presque déprimant de perfection. Je me sentis moins seul face à ses cheveux roux échappés de sa casquette. Santiago Tshituka se tenait à gauche, assis sur une caisse de vivres, aussi souriant. Il portait un chapelet aux billes blanches autour du cou, qui tranchait fort avec sa peau noire. Au côté du capitaine, Jonquille De Weyver se tenait droite, le visage fermé, les cheveux blonds jusqu'au-delà des genoux, en une fort longue queue-de-cheval. Suivaient les scientifiques attachés à un animal en particulier, avec un résumé de leurs recherches, mais je n'eus pas le courage d'éplucher tout ça.

Certains diront : pourquoi un géologue ? Pourquoi un chimiste ? Nul ne le sait. Recoupes budgétaires et commissions de sélection obscures. On ne refait pas l'imbroglio des dossiers d'admission à sa sauce.

Je rangeai tout ça bien proprement dans ma farde et je me préparai mentalement à la conférence du lendemain.

6

La réunion se tenait au fin fond du vaisseau, dans une salle de conférences aux murs blanc déprime où de nombreux rebelles bravaient depuis des heures l'interdiction de fumer ; il était prévu d'aller observer la population des phoques endémiques de la mer du Nord et de faire des relevés. Depuis le programme Fabiola, lancé en 1974, l'espèce était passée en un peu plus de quarante ans de *en danger critique* à *en danger*, et l'on pouvait espérer une progression positive dans les décennies à venir.

Je m'amusai à reconnaître tous les membres du programme d'après les photos, imaginant des limites de temps et des scores à moi tout seul.

L'équipe eut l'auguste bonheur d'écouter le professeur Tanguy Van De Pilootzoon, éminent spécialiste du phoque de Zélande, dit « phoque à vibrisses fourchues ». Longues furent ses explications du curieux détour évolutif qui fit survivre un phoque mal doté par la nature de fourches à ses vibrisses et qui, au cours d'une épopée fascinante, parvint à engendrer moulte descendance et s'établir durablement sur les côtes flamandes.

Je décrochai après ses remerciements et commençais déjà à me demander ce que je pourrais bien raconter, quoi dire à propos de ce mammifère marin, ce phoque à vibrisses fourchues qui serait sans doute aussi surpris de me voir l'observer que l'inverse ; son étant phoque et le non-étant phoque c'est-à-dire moi et le reste du monde. J'appris donc (entre deux bâillements) l'inéluctable vie aquatique de phoque de mer du Nord *en danger* ; l'animal naissait à une extrémité de la côte belge et venait mourir à l'autre, et il s'agissait de comprendre pourquoi, au nom de quel hasard électromagnétique (on rappela le pigeon et l'horizon violet de sa vision lorsque le bec pointe au nord) cette molle saucisse de mer naît à l'extrémité d'une ligne pour décéder à l'autre bout.

Le plus curieux phénomène est celui du déclic du phoque : inlassablement, et depuis les premières observations et descriptions de l'animal remontant à Linné (il le classifie alors comme « phoque des Flandres »), de temps à autre un certain nombre de phoques s'échouent volontairement à l'opposé de leur lieu de naissance sur la ligne côtière. Cette possibilité d'une espèce de phoque suicidaire, longtemps controversée, a été prouvée par l'article paru dans la revue *Science* en juin 94. Ici commence le propos ardu du professeur Van De Pilootzoon.

Cet article décrit comment l'éminent professeur apporte la preuve, grâce au suivi de vingt-cinq spécimens sur une décennie, que le phoque à vibrisses fourchues opérait bien cette étrange mise à mort de lui-même, et ce toujours par groupes d'au moins deux individus, à l'opposé du lieu de naissance sur la ligne plus ou moins fixée du front de mer flamand. Ni la remise à la mer ni la captivité ne sauvent la bête de ce réflexe du *thanatos* animal ; elle se laissera mourir de faim ou reviendra, obstinée, sur la grève.

Seulement, phoque suicidaire, oui, mais pourquoi ?

Deux hypothèses se faisaient la guerre au sein de la communauté scientifique : l'hypothèse Torsten Grubendorf, dite de la « prudence acquise », et l'hypothèse Pilotzoon, dite de la « contingence sans suite ».

Torsten Grubendorf est un éthologue diachronique suisse du dix-neuvième siècle connu pour son ouvrage *Des comportements caducs dans le règne animal.* Dans cet ouvrage, il postule que dans tout comportement inadapté au présent réside une solution à un problème passé. Dans le cas du phoque à vibrisses fourchues, une raréfaction passée de nourriture, entraînant un suicide de certains individus nécessaires à la survie du reste du groupe, persiste malgré un changement environnemental qui rend la solution superflue.

Cette hypothèse est jugée fantaisiste et anthropocentrée.

Le professeur Van De Pilotzoon est partisan de la seconde hypothèse : le suicide du phoque serait dû à un dérèglement d'origine génétique ; suite à l'appauvrissement du patrimoine génétique de la population des phoques à vibrisses fourchues seraient apparus des comportements inhabituels, dont cette pratique du suicide systématique. Or, d'après les relevés, le nombre de suicides n'impacte en rien le potentiel de survie de l'espèce. D'où son maintien. En effet, tout caractère apparu par mutation, mais n'entraînant aucun frein à la reproduction, peut être conservé dans l'ADN.

C'est ce qui explique la conservation des oreilles de Dumbo ou d'autres horreurs du même genre ; si tous les Prince Charles de la terre se retrouvaient incapables de procréer, cette marque distinctive sombrerait dans le néant.

Tout le monde applaudit ce trait d'esprit anglophobe.

La réunion était terminée et, devant le buffet où deux quatre-quarts rassis se battaient en duel, Falschfassung se servait du café en renversant la moitié du gobelet, l'air de ne pas y toucher, surpris et amusé de sa propre maladresse. Il tapotait de l'auriculaire, ce doigt d'ordinaire si peu agile. Il me parla de l'ennui qu'il avait éprouvé et, par esprit de contradiction, je déclarai mon vif intérêt pour ces hypothèses, ces problématiques et ces enjeux capitaux. Il me rit au nez, mi-incrédule, mi-perplexe. Je prétextai un ultime arrangement avant le départ pour m'éclipser, il me dit qu'il s'excusait de ne pas m'avoir plus entretenu de ma tâche, il avait manqué à tous ses devoirs. Et bien évidemment, il me parlerait de la marche à suivre demain. Je lui trouvai un air de valet écœurant, maniéré et bouffi de politesse hypocrite. Je pris congé du capitaine, occupé à discuter des préparatifs. Nous quitterions le port demain, droit sur la Belgique.

7

C'était un jour calme et d'un bleu léger, je repérai mal le nom sur le téléphone et l'électricité de l'écran m'amputa de toute bonne humeur naissante. Falschfassung ne prit pas la peine d'échanger les politesses d'usage, rappela que l'heure est un concept relatif et que lui, au contraire, était relativement bien disposé. Il enchaîna : mon travail serait simple et libre. Je devais livrer mon rapport, de la forme de mon choix, du contenu de mon choix (de préférence épais et dense selon lui), après chaque observation d'espèce. Le rapport serait transmis au secrétaire de l'ONU habilité à gérer ce projet (*a.k.a.* mon père). Et selon ses commentaires, il faudrait soit continuer mon voyage, soit en modifier le cours, soit m'arrêter net et essuyer un blâme. Après quoi, il déblatéra des inepties sur ses voyages. Comment l'on devait éviter de se servir trop de viande en Asie ; trois astuces pour désodoriser ses chaussures à peu de frais, où planquer son argent dans les zones peu sûres comme les auberges de jeunesse en zone périurbaine. Au bout d'une interminable série de conseils ridicules, il raccrocha. Il aurait pu me plaire sans cette voix aiguë, amplement contente d'elle-même, et j'aurais prêté plus d'attention à son verbiage de merde. Le milieu de ma poitrine s'échauffait à l'idée de son élan fraternel, de ses conseils mesquins, ses petites expériences mises bout à bout et livrées sur un ton badin de pédagogue de mes couilles, de courtisan âcre et mielleux, à l'idée de son air satisfait subissant la vague d'aisance venue de son trou du cul. Mais, calmé, je pensai au phoque. En premier lieu ce qu'il disait de moi, ce phoque impulsif, ce phoque échoué encore et encore, ce que cela disait du bien commun, du bien-être de tous. Le phoque désirait mourir quelque part, à un endroit précis, selon certains contextes, et pourtant toutes les variables résistaient, le contexte n'y pouvait rien, le phoque seul non plus. Il prendrait une décision, jusqu'au bout, sans courage, sans plainte, sans secours, sans héroïsme, et poser la question de ce phoque c'est l'empêcher d'être noble, c'est vouloir le destituer ou faire de lui un lâche. C'est le réduire à ce qui le tue, c'est une infamie, c'est une appropriation culturelle interespèces. Trouver la raison de ce phoque, c'est faire mon travail, trouver des réponses, c'est classer un mammifère, c'est résister à l'envie qui me venait de laisser un mystère en paix. Je décidai d'ouvrir YouTube et d'observer les phoques sur bande passante. Rien d'intéressant. Richard Cocciante attrapait un coup de soleil, un coup d'amour, un coup d'je t'aime illustré par des bébés phoques disposés en fondu enchaîné et écran flou au bord rose fuchsia.

Je cliquai sur un extrait de documentaire : Brigitte Bardot devisait, fripée, sur les gentils et tout mignons bébés phoques et sur les méchants et laids Inuits. Je cliquai ensuite sur un clip promotionnel en coréen, visiblement destiné à montrer en quoi le robot Syd (pour *Seal Your Destiny*) était le compagnon électronique en forme de bébé phoque parfait pour les personnes âgées en soins palliatifs.

Je finis sur une parodie de dessin animé soviétique des années 80, redoublée par des pubères à la voix en travaux : deux cent sept vues, pouces rouges sur toute la ligne.

Le PC éteint, j'observai le plafond, le cul au fond de ma chaise de bureau et des fourmis dans les jambes. Le virtuel m'avait laissé tomber, me perdre sur YouTube n'avait servi à rien. Sans les fanfreluches d'Internet pour m'aider, je devrais affronter la bête tout seul, incapable de retrouver un des documentaires France 5 où le narrateur donnait des noms locaux limite racistes aux animaux (aucun animal de la savane ne s'appelait Jean-Pierre, non, il fallait découvrir Kimbala ou Kokadougou) et tissait, araignée chevrotante, une narration moribonde, compagne quasi sénile d'une suite de plans fixes lents à crever, où même le lion, jadis fougueux roi de la jungle, bâille et périt d'ennui face caméra.

Le phoque à vibrisses fourchues resterait, jusqu'au lendemain, un mystère.

Mer du Nord, à bord de l'*Izoard*

8

L'équipage approchait des côtes de mon enfance, de ce gris-là, de ce gris si particulier, un gris de poneys, de crevettes, d'impers jaunes, de filets, de gilets rouges, de rafales pleines de sable. Ce gris de courses pieds nus, de brassards orange fluo, de sel et de vase crachés en riant, de chutes dans le sable avec un passe-droit : pour une fois, la gravité serait sans conséquence. De compotes pomme-banane, pomme-rhubarbe, pomme-fraise, pomme nature. Et les tartines de pâté crème à travers la glacière et les briques bleues des glacières. J'étais là, quelque part, peut-être pas ce grain-là, ou cet horizon-là, mais bien les rigoles, les murailles, la pelle, la peau pèle, rougit et pèle, pelle, le sable déplacé par moi, moi et mon père, le vent et la mer qui le remet à sa place et l'on est fatigués tous les deux d'avoir déplacé le sable. J'aime la mollesse réversible du sable et de la vase. Ce qui glisse, colle, sous et à travers les doigts et le même geste, mais seul. Je débarque sur la plage, cherche à repérer l'animal pour lequel je suis là, j'ai les pieds dans l'eau, le retour des pieds dans l'eau. Je trouve le phoque, il n'a pas l'air de bouger près de moi le phoque. Je me suis approché, je prends la position absolue de celui face au phoque, absolument face à lui, je vois les yeux noirs et les vibrisses fourchues. Il bouge un peu, est-ce le vent ? Est-ce lui-même ? Il est là, le soleil l'attaque déjà.

Je décidai de m'allonger en face de lui, il était allongé sur le sable, nous étions allongés sur le sable, un de ceux prêts à mourir. Je vis les fameuses fourches, cette ligne translucide partie du nez pour se diviser en son parcours, selon les lignes, ou bien au milieu, ou bien à la racine, ou bien ailleurs, ou plus loin, de sorte que l'animal semblait masqué d'une toile d'araignée, de longs circuits d'un fleuve jeté dans le vide, de cartes du monde muettes, et perceptibles par un œil adroit, ou via l'éclat second de la lumière du jour. Je tentai de saisir, de comprendre. Il était bien encore vivant (mon estomac commençait à se tordre) et pour l'imiter, ou pour imiter ce que je pensais qu'un phoque faisait, je roulai devant lui, les jambes tendues et les bras le long du corps. Il réagit peu, il me suivit du regard. Je ne réussis jamais à différencier le bruit des vagues, derrière moi, de celui de sa respiration. Je fermai les yeux et, peut-être au bout de longues minutes, je voulus discerner, saisir l'instant où, sans aucun doute encore, j'entendrais le phoque respirer, et non le ressac. Mais j'entendais la mer déborder sur tous les sons. Je doutais sans cesse, rien ne se détachait, et leur confusion ductile finit de me mettre en colère. Aucun élan mystique ne vint confirmer mes inquiétudes et mes délires de la veille. Je me levai et le phoque me suivit du regard puis retomba à son agonie indifférente. Je souhaitai ensuite le regarder dans les yeux avec application et fermeté. Mais c'eût été le regarder littéralement mourir, devant lui, sans rien y faire ; il y avait, il y aurait, cette impuissance entre nous deux. J'étais pris de vertiges, je chancelais. Un drôle de type vint me distraire de mon malaise : c'était un Flamand dont le bonnet s'était échoué à mes pieds. Il remit son couvre-chef, alluma une cigarette, balaya la bête agonisante de sa main libre et dit que c'était gâcher, on devrait les tuer dès qu'ils se traînent sur la plage, que les vieux de la côte n'y touchent pas par superstition, et ne retirent la carcasse que lorsqu'elle commence sérieusement à se putréfier. Il écrasa son mégot, l'enfouit dans le sable et engueula quelques enfants qui tâtaient un autre phoque échoué avec un bâton. Il me dit que j'avais de la chance d'en voir deux si près l'un de l'autre. Je ris, quelle chance ! Il courut vers le plus petit de la bande d'enfants qui jouait au cow-boy en poussant des cris, à califourchon sur le phoque le plus éloigné de moi.

9

De retour sur le navire, je ne saluai personne. Je claquai la porte, n'allumai pas la lumière de ma cabine et, la tête contre le chambranle, debout, je fis le constat de ne rien avoir de pertinent à raconter. Bien sûr, il y avait le problème éthique de laisser un être mourir. Il faudrait peut-être empêcher l'accès à la plage dès qu'un groupe de phoques décide de se foutre en l'air, via un système de picots rétractables.

Je la voyais, nette, toute la stupidité de ma compassion, de ma pitié, de toute cette misère en mon cœur offerte à un animal qui ne m'avait rien demandé. Ces phoques, seuls, soumis à leurs pulsions mortifères, continuaient le cycle des saisons, heureux ou abrutis, ou les deux. Qu'est-ce qui les empêchait de partir, de quitter le bout de mer aux maigres pâturages de crevettes et d'aller voir ailleurs, plus au nord, plus au sud ? N'y avait-il nul mammifère détraqué, exclu, qui s'enfuie ailleurs ? À ce moment, je devais absolument répondre à cette question. Elle me prenait les tempes et la gorge.

Je trouvai le professeur Van De Pilootzoon occupé à choisir entre un nœud papillon froissé et inélégant et un autre nœud papillon tout aussi froissé et inélégant. Ne demandant ni conseil ni réconfort dans ce choix capital, il m'accueillit la joie au visage et me montra sur sa tablette de superbes photos sous-marines de phoques à vibrisses fourchues.

Je lui demandai si un animal avait déjà refusé son sort, avait déjà changé d'avis. Il ne se rappelait pas avoir observé un tel phénomène. Et, si jamais ç'avait été le cas, le gène des vibrisses fourchues était récessif. Ainsi un renégat, un exilé potentiel, aurait disparu dans le pool génétique de sa communauté d'accueil.

J'imaginai alors un valeureux destructeur de l'ordre social, un émissaire de révolte, conquérir une nouvelle famille, un nouveau clan. Il serait humble, il se saurait incapable de transmettre sa moustache particulière et sacrifierait à l'oubli son bonheur durement gagné. Ses descendants, insoupçonneux porteurs du gène de l'apocalypse, vogueraient au gré des sept mers, invaincues saucisses marines face à l'épée de Damoclès pendue à leurs brins d'ADN. Par milliers, ils se reproduiraient. Par milliers, ils étofferaient la brume tempétueuse de l'évolution et sa marche aussi implacable qu'infinie, et déjà le phoque à vibrisses fourchues s'éloignait, bouffé par ses propres gonades inférieures. Dissous dans la masse du futur. Éteint. Finies, ces horribles morts inexplicables sur le sable gris du nord de la Belgique. Finis, ces cérémoniaux mortifères où la nature sacrée inonde l'Homme de sa dysfonctionnelle ronde des jours. Finis, ces yeux mouillés inexplicables, où la douleur n'apparaît qu'en creux, fantôme d'un corps peu à peu desséché puis pourri par le soleil.

Mon angoisse avait disparu. Imaginer ce phoque à vibrisses fourchues commettre le péché de chair, connaître bibliquement un phoque tout à fait commun, et fonder un descendant si banal qu'il en devenait plein de réconfort, suffit à me faire dormir comme un nouveau-né. Je rêvai toute la nuit de phoques en train de niquer et de réparer, par l'amour libre, une injustice de la biosphère.

10

Je me réveillai en bâillant avec les deux bras et un petit cri aigu, princesse délicate de roman-photo. Je voulus absolument confier à mon père cette découverte : le monde s'occupe peut-être lui-même de ses dysfonctionnements ! J'avais des preuves génétiques !

Je l'appelai sur son GSM. Il annonçait fièrement, dans sa boîte vocale, ses paroles à moitié masquées par le vent, un congé régénérateur en Finlande, là où le soleil ne se couche *qu'une fois par an.* La Finlande… Je m'assis sur mon lit, le dos contre la cloison métallique, tandis qu'ailleurs, derrière moi, les scientifiques tenaient sous leurs bras notes, relevés, précieuses informations assurant à leurs bureaux ternes un long et fastidieux travail de reconnaissance du vivant.

J'avais une atroce envie de pisser. Je passai devant une grande porte baignée de lumière et de son. Une énorme fête.

Falschfassung dormait, assis sur un tabouret, la tête soutenue par un hublot de bave ; le capitaine Lejeune fumait un gros cigare, une paire d'as à la main ; de l'autre côté, on réglait la radio pour y trouver des mélodies différentes, on pestait sur le manque de connexion.

– La tempête ! Je ne capte rien !

Mais pas de tempête. Bah, j'allai pisser.

Je m'ennuyais tellement face à la cuvette que j'imaginai le bateau chavirer, un requin défoncer les W-C et m'arracher la jambe, ou bien quelque abruti cogner contre la porte, histoire de me presser. Je n'eus droit qu'au son creux et métallique de mon jet d'urine. Je le promenais à droite, à gauche, et le son suivit, variant la note. Je repris le chemin de ma cabine en secouant la tête.

Ils avaient trouvé de quoi s'enjailler, de la vieille soul music, à vue de pif un Ray Charles, quelque chose comme ça.

Je frappai contre le mur, debout sur mon lit, d'humeur de plus en plus exécrable. C'en devint même du délire, je finis par crier, les pieds et les mains meurtris. Hurlant, encore et encore, à me casser la voix.

On toqua à ma porte. Une femme minuscule se présenta : peau pâle, sourire poli, éclatant, serre-tête rose pastel sur carré court, cheveux noirs impeccables, yeux pétillants, cardigan beige à boutons de bois clair. Mignonne. La Japonaise de l'équipe ! La copie conforme de la photo. C'en était effrayant. Même l'éclairage dégueulasse du couloir n'entamait pas son visage parfait de lycéenne comme il faut.

Je restai interdit quelques secondes, son nom ne me revenait pas.

– Gon-Pa ?

Elle hocha vivement la tête, et me fit signe de la suivre. Elle marchait en funambule préparant une fuite ou un larcin ; sans réfléchir, je l'imitai.

Falschfassung bavait toujours contre le hublot où il s'était endormi. Le capitaine, la tête au milieu de jetons colorés, rêvait à sa fortune. La radio allumée, mais délestée de son volume, crachait doucement un bulletin de circulation à destination des Bruxellois, si loin de nous. Autour de cette radio, plusieurs scientifiques et artistes dormaient, sur le sol.

Effondrés en cercle sur des matelas gonflables, ils cuvaient, la tête dans les pieds du suivant ; la radio tonnait toujours, mais plus de soul music, juste un débat de minuit sur le *culte du cargo* avec Axel Bauer qui s'apprêtait à chanter en live.

J'entendis un bruit de capuchon de marqueur, et l'odeur enivrante de l'indélébile noir que Gon-Pa tenait entre ses petites mains emplit la pièce. Je ne pus qu'étouffer un rire tandis que Falschfassung se transformait en Salvador Dalí à monocle, que le capitaine s'offrait un pénis géant sur le front et que tous les autres tenaient leurs visages peinturlurés entre ces deux extrêmes. Nous courûmes ensuite en riant jusqu'à l'arrière du bateau. L'onde aurait pu être lisse, pour un myope, et Gon-Pa me regardait, essoufflée, toujours souriante. Je scrutai l'eau, et elle prit mon visage dans ses mains. Elle le malaxa comme une furie, pinçant et tordant mon nez et mes joues ; elle jouait à tester les limites élastiques de ma lèvre inférieure, puis supérieure, lissait et fripait les rides de mon front, tirait mes lobes vers le bas, écarquillait ou fermait mes yeux, tirait ou enroulait mes cheveux autour de ses doigts. Surpris, amusé, sonné, je me laissai faire. Elle lissa mes sourcils de ses deux pouces, d'un geste appuyé mais très lent, de sorte que, malgré une lune faiblarde, je remarquai qu'elle louchait un peu de l'œil droit. Elle s'enfuit, et toute la nuit j'eus le loisir de reprendre en boucle, dans ma tête, le bruit sourd, discret et régulier de ses petits pieds contre le bois du pont.

Belgique

11

Je revins à la maison, personne ne m'avait accueilli au port. Pas de banderole, pas de câlin.

J'étais debout devant la porte d'entrée, la main sur la clenche, à me dire : « Allez, tu as fait ça mille fois, tu te souviens de ton retour de Disneyland en rhéto ou de classe verte en quatrième primaire ? À toi le film du soir d'Arte et une pizza crème saumon, la lumière bleue de la télé pour seul réconfort. Peut-être un podcast littéraire et un thé bonne nuit-biscuits. Et un armagnac. »

La maison n'était pas vide, pourtant. Je perçus un vieux succès de Jean Sablon, *Vous qui passez sans me voir*, et le rire nasal de ma mère. Je poussai la porte.

Ma mère dansait dans les bras d'un grand type grisonnant et maniéré, vêtu d'un costume queue-de-pie et de chaussures si brillantes, si efficaces, je vis le lustre du hall se refléter dedans et je dus plisser les yeux. Ils riaient, stupides, à intervalles réguliers ; j'espérais pour ma mère qu'il s'agissait d'un amant et pas d'un professeur de danse de salon atrocement cher, mais on peut toujours rêver. Je montai l'escalier, ils ne s'étaient aperçus de rien. Je cherchai père à travers la maison ; rien dans son bureau, ni dans la salle à manger, ni dans le salon ou la cuisine.

Je redescendis près de l'entrée et cherchai ses affaires dans le dressing. Son manteau long était introuvable, ses gants en cuir d'agneau également, il manquait aussi son feutre de chasse préféré. Il n'était pas de retour.

Je m'installai à la cuisine pour me faire un moka. Quinze grammes dans le filtre, visser correctement, laisser la plaque à induction sur 6, le couvercle levé. Pendant ce temps-là, venue de loin, la voix toute caramel de Jean Sablon commençait à me taper sur le système.

Le haut de la cafetière rempli, je remuai le café avec une longue cuillère à crème glacée. Je fis bouillir un peu d'eau, la versai dans la tasse à espresso, attendis quelques instants que la tasse chauffe, puis jetai l'eau dans l'évier avant de faire couler le café dans la tasse.

Les coudes sur le plan de travail, îlot immense de marbre utilisé trois fois par an, je laissai le rituel du café, l'odeur d'arabica adoucir mon humeur.

Je repensai à ce début de nuit fantastique en compagnie de Gon-Pa. Si elle était muette, eh bien je parlerais la langue des signes assez vite, dès notre prochaine rencontre, lors du voyage suivant ! Tant de discussions passionnantes ensemble ! J'essayai de me faire une idée de la version sourds-muets d'un débat d'idées animé mêlé de silences langoureux. J'aurais sans doute vite mal aux articulations des doigts. Ah, et puis les possibilités infinies de romance à la *Out of Africa*…

J'étais là, les mains bousillées par la conversation, assis sur la rambarde du bateau, elle à mes côtés. Elle regardait un fleuve célèbre porter le frêle esquif dans les profondeurs d'un pays exotique, puis mes yeux énamourés, puis le pont. Il n'y avait que nous deux. Étouffant un petit rire d'excitation, elle déboutonna ma chemise, puis retira son cardigan jaune pâle. Je gloussai, puis, troublé de désir, je…

– Ne laisse pas tes coudes sur le plan de travail, la femme de ménage est passée ce matin !

Ma mère venait d'ouvrir le réfrigérateur pour y puiser une eau de coco parfumée à la framboise.

– Ah, et j'ai préparé ça pour toi.

Ma mère me donnait toujours du fric dans une enveloppe les soirs où elle espérait ne pas me voir dans la maison. Elle repartit vers le hall où Jean Sablon chantait encore. J'écoutai un ou deux couplets, l'enveloppe en main, devant le frigo qui, si mes souvenirs étaient exacts, pouvait instantanément créer des glaçons en forme de pyramides. Je me résolus à m'enfuir, mais où ? J'avais bien rendez-vous le lendemain avec Eddie, mais c'était encore loin…

Je décidai de louer une chambre pour la nuit. Un endroit bien classe, avec petit caramel sur l'oreiller et bain à bulles, si loin de Jean Sablon. Je me ferais servir le petit déjeuner au lit, et je reviendrais en fin de matinée, détendu. Je poussai le vice jusqu'au massage tropical proposé par l'hôtel (en vérité un massage mou et banal aux huiles mélangées façon *Sex on the Beach*, je sentais le jus multivitamines). Ensuite, en robe de chambre, revenu à mes rêveries, je zappai sur les chaînes porno en espérant trouver un film japonais. Sans succès.

Je me demandai si, ce soir, je devais être absent parce que ma mère couchait avec ce danseur, ou s'il y avait une fête à laquelle je n'étais pas prévu. Il faut comprendre que, sans carton à mon nom sur la table, j'aurais fait tache… Peut-être le nombre de chaises disponibles et de portions de hors-d'œuvre était-il calculé à l'invité près. « Recevoir c'est un art délicat, Théodore-James, où l'impromptu n'a pas sa place. »

Gagné. Le lendemain, un homme de ménage inconnu balayait le sol du hall d'entrée ; il galérait franchement face aux confettis.

12

Nous revoilà à l'Augustin, Eddy. Assis là, l'un en face de l'autre, à commenter nos expériences, tel un plateau télé improvisé, un direct foireux sans micro-cravate ; Carlos sifflait le *Clair de lune* de Debussy, s'interrompit pour un espresso puis recommence une fois la machine arrêtée. Tu sifflas ta chope de Primus en deux gorgées. Je te racontai le voyage et cet épisode mystérieux avec la Japonaise, et là, Eddie, tu tapas du poing. Carlos, qui passait un coup de lavette sur notre table, sursauta et mit sa main sur le cœur en souriant.

Je venais de t'expliquer par le menu ce bout de nuit délicat ; lové au sein de la plénitude muette de Gon-Pa, nous avions vécu un moment de flottement délicieux.

– Tu vas me dire que tu vois ce phoque. Tu es ému, bon. Et elle te sauve avec un sourire, puis tu mystifies le tout !

– Hein ?

– Refuser de parler, ou ne pas parler ta langue, ne signifie pas le mutisme, mon garçon. Au temps pour moi, c'est un joli moment. Mais la réduire à un sourire muet ! Tu me heurtes.

Tu dis cela un demi-sourire sur la tronche. La conversation chancelait.

– Sinon, toujours noir ?

– Oh, ça va, pas encore de vitiligo mais je ne perds pas espoir.

Tu frottas tes deux mains et en révéla les paumes, en signe de victoire. Je ris un peu, puis à m'en faire tenir le ventre, à rougir, à pleurer. Classique, vu et revu, mais efficace.

Père n'avait pas donné signe de vie. Ni depuis la Finlande, ni depuis son bureau, ni depuis son GSM. À côté de nous, un grand type élancé et l'autre, plus trapu, commandent un jus ACE en étouffant un rire.

Je repensai à Zhi Bu, la tête dans mon café. Pas de nuages où la reposer, pas d'oreiller, pas de caillou confortable.

Je t'expliquai qu'on l'avait remplacée, Zhi, sans me prévenir. Le matin même, j'avais entendu ma mère expliquer en hurlant, la langue perdue face à son espagnol de macarena qui lui revenait en mémoire, tous les lieux de la maison, les usages de la machine à laver et comprendo ? No dinero si no propreta le linge, si ?

Où était passé l'ange voluptueux de mes nuits d'adolescent ? Apparemment au chevet de sa mère, quelque part vers Beijing. Il y avait une enveloppe pour moi.

À l'intérieur, je retrouvai une jaquette *Playboy* ancienne, où Yoko Ono enlaçait John Lennon ; nus, la photographie, le jeu de lumières, tout illustrait le yin et le yang *à cru*. Derrière la jaquette, rien d'érotique, excepté pour les fétichistes culinaires : le *Cuisine Actuelle* enfin révélé à mes yeux d'amant contrit offrait à ses lecteurs un dossier spécial carnivore, dont une photographie double page saisissante d'un rôti à la moldave.

J'en profitai pour échanger trois mots avec le nouvel homme-pressing. Jean-Paul Yvetot (c'était son nom) finançait ainsi ses études d'économie sociale à l'ULB ; son grand-père, mexicain d'origine, lui avait donné ce teint hâlé qui lui valait ce racisme logique pour ma mère. Ma gêne affreuse m'empêcha de le regarder en face mais il excusa ma génitrice d'un geste de la main ; il y avait pire. Le temps perdu à conscientiser les cas désespérés, le travail serait fait. Gonflé bonhomme, de classer ma mère à l'enseigne des causes perdues, comme ça, face à une machine à laver, aux côtés du fils. Le début d'une grandiose amitié.

Il m'interrogea sur mon travail ; je lui parlai de mes voyages. Il me dit que j'avais bien de la chance de vivre ainsi dans une ère postcoloniale hypocrite où l'on envoyait un upperclass blanc occidental parler au reste du monde de l'état de la planète. Lorsqu'il compara ma position à un remake bollywoodien du voyage de Magellan tout en versant de la lessive liquide dans le bac II, je me sentis proche de lui. Mais je savais que sur ces questions, sans doute même sur toutes les autres, ma conception du monde serait toujours faussée par manque d'informations. Et cette impuissance me désola.

Eddy, tu me ramenas de force sur terre.

– Réveille-toi, Théo-Jim ! Profites-en comme un con d'abord : vacances autour du globe façon dandy des Caraïbes, Baudelaire et autres tralalas. Quand tu auras des kilomètres de visages aux pattes, ça te mettra de l'humilité et de quoi soupeser au calme dans tes synapses.

Je ne répondis pas. L'occasion était belle, trop, même ; enfin on quittait mon propos pour en venir à Eddy Manhattan.

L'usage voudrait une notice biographique en bonne et due forme ; pour des raisons pratiques voilà une *timeline* avec dates en gras.

12 bis

THE OFFICIAL TIMELINE OF EDDY MANHATTAN THE (IN) FAMOUSLY *FAMOUSSE* PHOTOGRAPHER, NON TRANSLATED IN ENGLISH, WITH A LITTLE TASTE OF FRANGLAIS, SO TO SPEAK

1957

Tu nais Edwardine Constantine Valériane Fabiola Amsterdam au 13, rue de la Révolution, maintenant rue du Castel Joli, à Atthe, dans la vallée de l'Hus, en Ardennes. Ton père est parti chercher le sens de la vie et il le cherche encore. Ta mère doit décider, assommée par douze heures de labeur, quel organe couper. Le docteur juge ton pénis assez gros et te voilà catapulté en mâle ; tu diras de ton prénom féminin, trace administrative du scalpel nommé fatum, qu'il s'agit d'une variante anglo-saxonne et, dès la primaire, ton père se situe outre-Atlantique, souvent à Las Vegas.

1969

Tu demandes à ta mère pourquoi il n'y a pas d'astronaute femme sur la Lune. Ta mère répond qu'il est déjà assez extraordinaire d'y voir des hommes. Ceci est la première rencontre avec le sexisme dont tu aies un souvenir précis.

1971

Malgré un parti pris évident, le docteur a vu juste et te voilà nanti de tout l'attirail masculin. Tout est au bon endroit selon l'idée platonicienne du mâle (ou celle de *GQ*), ta voix mue et tu chantonnes les succès de l'époque sous la douche, comme tout le monde.

1978

Tu découvres via une exposition à Bruxelles la photographie intitulée sobrement *Enfant avec une grenade à la main* de Diane Arbus. Tu fixes cette photo géante en noir et blanc si longtemps que le stagiaire chargé de surveiller les visiteurs t'interpelle puis te secoue pour te réveiller. Encore cette photo où, face à trois miroirs, des travestis se maquillent pour te décider : tu seras photographe. Et fan absolu de Diane Arbus, du peintre Spilliaert, de Nina Simone. Et célèbre. Et riche.

1989

Tu as trente-deux ans. Le Mur tombe ; toi, à ce moment précis, tu dévores une gaufre fourrée à la bolognaise industrielle dans une gare belge quelconque. Soudain, un rideau flotte, des rires fusent : ton corps est magnétisé vers un photomaton duquel sortent deux adolescents en salopette fluo.

Tu soulèves le rideau épais et crasseux. Tout est vert pistache sauf la glace qui te fixe et le tabouret au cuir aplati par un million de fesses. Tu suis la procédure. Ton épiphanie se produit. Selon les hasards cosmiques, aucun bruit ne perturbe cette extase. Personne ne te bouscule quand tu attends, reçois, même contemple les quatre carrés déroulés l'un derrière l'autre. Tu tiens l'objet des deux mains, les bras vers le haut, vers la lumière du néon de la gare. Tu te souviens de la perle de sauce origan-tomate au coin de ta bouche, visible en quatre exemplaires, du sifflet d'un contrôleur, du chapeau en feutre mauve que tu portais à l'époque. Une odeur lourde, de sueur estivale transperce tes narines ; c'est la fin de l'automne 1989 pourtant et quelqu'un, ici-bas, ne supporte pas l'écart de température entre le dehors et le dedans. L'idée de ta vie a croisé ta route.

1995

Un important fonctionnaire te commande un portrait familial. Tu arrives, franchis le seuil de l'immense demeure d'été de cette famille aux origines hébraïco-allemandes. Tu secoues la tête de devoir, toujours, en premier lieu, noter l'origine des gens. Tu promets de faire plus attention à ce mauvais réflexe. J'ai trois ans et je ruine cinq prises avec mes paupières.

2010

Je t'annonce mon désir d'entamer des études de philosophie et de théologie à l'UCL. Paternel, tu me déconseilles de désobéir à mon père qui me voit faire sciences-po avec double cursus, bachelier en droit et bachelier en sciences-po avant un master en études européennes ou droit européen, parallèle à un investissement dans l'Assemblée générale des étudiants de Louvain. Il me voit vêtu d'un pull à capuche brandir un gueulophone, militer pour instaurer des gobelets réutilisables puis, vers trente ans, troquer mon uniforme contre la liberté offerte de la cravate et du col repassé.

Tu dis que j'ai les idées trop schématiques pour la philosophie et que je vois le monde de façon trop grossière. Je suis un peu déçu ; je te croyais plus libertaire et moins dur. Tu dis que je n'ai pas le choix, qu'au moins j'ai des rails sous les pieds et qu'une fois le train arrivé à Istanbul, rien à foutre, je lirais Platon tant et plus dans mon manoir adoubé par le *pater familias*.

Je comprendrais plus tard ton art de composer et de profiter des cartes échues en main par la vie ; je ne savais pas bien profiter des miennes, tu le pensais, sans me l'avoir dit aussi cash. Tu essayais de trouver des formules réconfortantes, de souligner mes bonnes notes, mes scores de major de promo, mais au fond tu savais que j'étais un technocrate, un apparatchik de la pensée.

2018

Huit ans plus tard, aucun démenti à l'horizon. Me voilà technocrate de la pensée, mais technocrate docteur en philosophie et théologie, avec un dégoût profond dont la portée est floue : soit pour les étudiants à peine pubères incapables de maîtriser les concepts philosophiques les plus simples, soit pour mon Alma Mater et sa cohorte de fonctionnaires robots carriéristes.

Ma thèse est si propre, si normée qu'elle me vaut les félicitations du jury, des propos élogieux à n'en plus finir, quarante-cinq minutes de flûtes de crémant moyen budget et de petits-fours mal décongelés avec le doyen et le vice-recteur aux affaires étudiantes. Je me dérobe vers les toilettes pour m'asperger le visage d'eau glacée ; est-ce l'acmé intellectuelle de ma vie ? Attendre patiemment l'alopécie, le bide à bière et mater les photos de vacances en bikini de mes ex-étudiantes sur Facebook ? Cliquer sur le petit cœur en espérant, sur un malentendu, avoir droit à une turlute de leur part sur le parking du Delhaize ?

Je tente de rester digne. Je ne serai pas de ces loups, de ces margoulins académiques prêts à tout pour une publication anonyme dans une revue scientifique absconse, une promotion en marchant sur des cadavres ou un poste administratif interne, à sentir la bave de ma langue consciencieusement lustrer des postérieurs velus. Non, je saurai rester pur. Je reviens des toilettes en intellectuel libre de toute attache.

À ce moment-là, le doyen apporte le gâteau géant à triple mousse chocolat et la crème anglaise maison qui va avec. Deux tiges flamboient d'étincelles multicolores de chaque côté du mot « Félicitations » en glaçage bleu confiserie. Je suis foutu.

Tu as lu ma thèse, Eddie. Tu t'es fendu d'un « C'est tout de même un peu faible pour huit ans de travail ». Je suis entièrement d'accord. Nous voilà revenus au présent.

13

Le froufrou pétillant du café s'enfle entre nous. Tu as les bras le long de la banquette, au-dessus de toi une croûte représente un chat persan tirant la langue, allongé sur un canapé Second Empire curieusement ajusté à sa taille. À vue de pif, ce n'est pas un persan au pedigree irréprochable. La gueule n'est pas assez aplatie.

Expositions post-89 : 1993 et *Photomaton #1 Flou de bougé* t'avaient propulsé au rang des grands de grands. En 2000, *Photomaton #2 Kiss* explosait à la figure de tes rivaux comme l'estocade première du nouveau millénaire. *Photomaton #3 Undressed* vint une décennie plus tard. Le quatrième opus, devant en toute logique clore cette tétralogie d'expositions, dormait encore dans ton cerveau.

À la RTBF, on te sobriquait comme « celui qui mit le monde dans un photomaton » sans grand sens de la formule ; ailleurs, tu t'appelais le Tétramage, l'empereur de la cabine photographique, et photomaton, cette marque qui, comme frigidaire, devint une antonomase et un nom commun, te remercia de cette publicité mondiale par de gros chèques bien épais. C'est pour toi, Eddy Manhattan, que Philippe Starck designa en 2015 sa fameuse cabine photographique à statuettes 3D. Tout en citant l'importance fondamentale qu'eut pour lui Arnulf Rainer, Daniel Minnick déclara, dans une interview pour le magazine *Photo* daté de janvier-février 2009, qu'il te considérait comme le père spirituel qu'il n'a jamais eu. Voilà. Tous ces événements flottent dans nos deux mémoires et je sais que tu t'apprêtes à étendre une théorie d'importance.

Tu ravalas ta salive, tu serras le poing, tu penchas le front vers l'avant tout en rajustant ton dos et tes fesses et là, tu dis *Bon.*

Les mains à rôder, circulaires, autour du crâne.

Photomaton #4 Post-Mortem

(Cet italique gras à la police démesurée combine parfaitement surprise et mauvais goût.)

La tension retombe quelque peu, me voilà touché d'une telle confidence lorsque tu indiques, paraphrasant ton titre, l'unique récipiendaire de ce nouvel *opus magnum* : moi.

Tu expliques que cette idée t'est venue lors d'une recension de ton fonds de photographies anciennes. Tu n'en étais pas sûr ; un cours te revint en mémoire. Une tristesse aussi. Une rumeur de stupéfaction avilie, parcellaire. Cette femme : le bébé qu'elle tenait dans ses bras était mort.

Une date et un nom. *Dès 1842, l'atelier parisien Frascari propose des portraits à domicile de personnes décédées.* La voix aiguë de ton professeur tonne.

Tu te passionnes pour cette pratique du siècle passé. Tu collectionnes toutes les photographies possibles et même les accessoires : les tiges et cercles de ferraille pour maintenir le corps droit et en place, tu y ajoutes les lentilles épaisses pour maintenir l'œil ouvert, c'est la modernité ; tu prends des cours de thanatologie au département de médecine de l'université de Berne, pour connaître cosmétiques et produits chimiques appropriés. Enfin le droit, quelles autorisations, quels miracles de papiers tamponnés il faut pour photographier un mort, même un mort tout neuf.

Entretemps tu visionnes encore et encore, en voyage, aux toilettes, sur ton iPhone, *The Thanatos Archive* ; les cent quatre-vingt-quinze pages y passent, sur chacune d'elles plus de dix photographies. Un véritable musée en ligne. *The Burns Archive* ensuite.

L'exposition au musée d'Orsay, en 2002, *Le Dernier Portrait*, t'émeut aux larmes. Tu y es fourré tous les jours de l'ouverture à la fermeture ; les gardes te connaissent par ton prénom et tu es le seul autorisé à y manger un sandwich, ton statut de grand parmi les grands n'y est pas pour rien, bien sûr.

Il y a dans ces ultimes survivances de bébés sans nom, de femmes tuberculeuses et d'enfants repris à l'existence, l'annonce de ceux qui nomment et enterrent un bébé prématuré aujourd'hui, à peine descendu du ciel pour hurler et se taire. Toi qui n'eus pas d'enfant et n'en auras jamais, tu trouves soudain à ces parents accrochés à leur progéniture défaillante un air plus mélancolique et plus juste, à la lumière de leurs ancêtres.

Tu sens, agrippés à ta chair, à la toison drue de ton dos, derrière la veste, derrière la chemise, tous les doigts dont la pointe blanchit sous l'effort. Ce pouce qui tient de toutes ses forces une photographie d'un bébé qui ne deviendra jamais la personne qu'il aurait dû est le tien l'espace d'un instant.

Le membre qui tremble sous un dernier effort, fatigué, exténué, roué de secondes, c'est ça. La larme occupée à se mêler de ce qui la regarde, en fin de compte, ces drames tabous mis les uns à côté des autres, et cette sœur ou ce frère ou cet oncle ou cette tante dont on ne parlera jamais plus et qui se réduit à du papier peu à peu effacé, au fond d'une commode. Et maman qui dénoue ses cheveux sous la lampe, à la main quelque chose de glacé, de froid, de manqué.

Tous ces deuxièmes essais, avec le même prénom que le premier, peut-être un différent, d'un coup, le temps de claquer les doigts, ils t'enlacent. Tous.

Et chaque jour de l'exposition, c'est pour eux que tu contemples un portrait après l'autre, que tes yeux se plissent, que la lumière circule le long des murs. Ils ne parlent pas, toi non plus, pourtant germe dans ton esprit la juste coupure inégale d'un héritier symbolique.

C'était le dernier jour de l'exposition et ta face se perdait dans la foule de Lutèce l'éternelle. Tu souriais. L'odeur polychrome frappait tes narines. La capiteuse olfaction du métropolitain mimait pour toi des danses érotiques. Là-bas, une vieille dame se grattait l'entrejambe et le critch-critch de son geste indécent s'offrait en un *la* 440 régénérateur. Le bruit de la rame présageait un bal de chiens anglais à la poursuite d'un lapin survivant ; le jaune des néons dorait l'essence de son être et la circulation opaque du monde autour de toi esquissait une aquarelle évanescente. La chaleur du tube de métal au creux de ta paume fit le lien entre ce présent béni et le béni réconfort du feu de bois ardennais. Tu avais trouvé le rêve de chaque artiste génial : le vieux truc oublié qu'on sera le premier à remettre au goût du jour avec son nom en dessous.

Mon café refroidi par tant de verve, je soulevai un sourcil, je ne sais plus lequel. Beau projet, ambition admirable.

Redescendu, tu m'expliquas l'état des lieux : la galerie louée. Check. La cabine Photomaton démontable et transportable à l'envi. Check. L'abonnement à plus de cent quotidiens de par le monde et leur rubrique nécrologique. Check. Un jet privé affrété pour décoller à tout instant vers le cadavre d'après. Check.

Pendant que je m'envolerais pour l'Amazonie, tu huilerais les vis des structures à dépouilles faites sur mesure pour toi, en acier translucide dernier cri.

Quelque part au bord de l'Amazone

14

La jungle amazonienne est peuplée de millions de cris d'animaux ; leur signification reste mystérieuse pour le profane, incapable de discerner la provenance de cette symphonie désaccordée. Serait-ce un alouate, remplaçant du fier Chantecler de ce côté-ci de l'équateur, dont le cri matinal s'entend à cinq kilomètres à la ronde ? L'ara multicolore ? Un capucin espiègle ?

L'oreille du voyageur néophyte tente de démêler avec délice la cacophonie offerte à ses oreilles. Peu à peu, elle identifie un cri plus aigu que les autres. Plus aigu que le vulnérable oisillon affamé, plus aigu que le singe hurleur à manteau aperçu au-dessus des premières tentes du camp, tranchant de sa robe noire la blancheur tiède du tissu imperméabilisé. Plus aigu que la Castafiore et son verre en cristal immanquablement brisé en mille morceaux.

Il s'approche. Un cercle immense, dense, resserré, captif de la scène. Ailleurs, tout est immobile ; l'ensemble de l'expédition se trouve là, autour. Le voyageur n'abandonne pas. Il est grand, il surplombe aisément la masse des badauds. Il se concentre pour chasser de son esprit l'horrible plainte et enfin saisir sa provenance ; il masque le soleil en glissant la paume de sa main au-dessus de ses yeux trempés de sueur, après tout nous sommes en pleine jungle. Livrés au soleil tout-puissant et à la moiteur strangulatoire de ces étendues d'arbres verdoyants et maudits.

Son regard se précise. Un instant, il pense à une catastrophe terrible ; pendant la nuit, quelqu'un aura succombé à une attaque de jaguar et nul roi de la jungle, adopté par des gorilles et surplombé d'une chevelure de publicité pour shampooing, ne se sera déplacé pour sauver la pauvre victime ! Impossible : il n'y a pas de gorilles en Amérique du Sud. Et les morts ne hurlent pas. Peut-être un proche parent éploré, à la tristesse sonore, amère, expressive, telles ces pleureuses engagées par les parrains de la mafia pour éponger de leurs larmes de sang la rage vengeresse consumée par les clans ennemis ?

Soudain, le voyageur aperçoit une lueur rousse. Cette lueur se densifie, se boucle et s'accroche à un crâne blanchâtre ; le crâne est rougi par la douleur. Le voyageur distingue moult rires entre les exclamations pointues.

Le voyageur, c'était moi. Et le cri, c'était celui de Falschfassung.

Falschfassung. Il s'écharpait le gosier à force de crier, et je remarquai la pâleur rosée de son corps nu, allongé sur un lit de camp. Le médecin masquait de sa tête le sexe de mon collègue teuton. À un rythme régulier, le toubib se mordillait la langue et semblait exécuter quelque geste médical délicat autour du pénis de son patient.

Malgré un monde de précautions, les cris reprenaient, et je me mis à rire à chaque soubresaut du malheureux, en même temps que tous les autres. Falschfassung, entre deux éructations porcines, reprenait son souffle et frappait le docteur au moyen d'un magazine roulé en tube. Ce qui ne manquait pas d'augmenter les maladresses du bon docteur et de causer d'autres cris.

Cet imbécile avait dû prendre à la lettre l'article que nous avions dû lire avant notre arrivée : le Dr Irmgard L. Bauer y expliquait que le candiru, ce petit poisson du fleuve Amazone censé remonter le pénis des imprudents occupés à uriner nus dans le fleuve, n'était qu'une légende locale destinée à faire fuir les colonisateurs. Falschfassung avait payé de son vit le prix de la vérité et son plongeon rafraîchissant s'était terminé en scène de torture publique.

Le candiru, dit « poisson vampire du Brésil », se décline en une douzaine d'espèces dont celle qui m'intéresse : le candiru nomade, *Vandellia cirrhosa movens*, bien plus petit que ses cousins destructeurs de phallus ; ce fishstick pour fourmi (moins d'un centimètre de longueur et à peine plus épais qu'un fil de soie) a la particularité de voyager dans l'estomac des animaux qui se baignent ou boivent l'eau du fleuve Amazone ; il survit aux sucs gastriques, pond des œufs, et les larves forment un ulcère, se nourrissant du sang de l'animal infesté. Elles relâchent ensuite, une fois devenues presque matures, une toxine dans l'estomac qui provoque une hématémèse ; la larve s'échappe ainsi du corps, et pour peu que l'animal vomisse près d'un point d'eau, elle peut tranquillement terminer sa maturation. Le cycle recommence.

Jusqu'à récemment, l'aire de répartition du parasite semblait stable, mais un photographe brésilien, on ne sait pourquoi, emmena avec lui son labrador lors d'un voyage en Europe. Il ne comprit pas l'origine de l'ulcère de son chien et les vétérinaires non plus, jusqu'à ce qu'une analyse plus exacte ait lieu.

Le microscope ne mentait pas : le candiru nomade commençait sa lente conquête du monde dans un estomac de labrador et aujourd'hui, d'après les traçages génétiques, les descendants des candirus globe-trotters allaient retourner au fleuve de leurs aïeux. Le candiru nomade, parti du fleuve Amazone, avait voyagé d'animal en animal, de génération en génération, d'estomac en estomac, pour retourner, via l'ultime hôte, l'ultime vomi d'animal, dans la terre de ses ancêtres. À bien y réfléchir, c'était un peu comme dans les films de SF où les humains baisent sur une période de 400 000 ans dans un vaisseau spatial histoire d'arriver sur une autre planète avec des colons tout frais pondus. Notre mission était simple : on avait transporté un perroquet chilien infecté pour l'occasion jusqu'au bord du fleuve et, alors que tout le monde guettait le moment où le pauvre volatile allait rendre son déjeuner, Falschfassung joignait son gémissement tenace aux cris de la jungle.

Je frottai le pied contre la poussière, le nez bas. Nous attendions le vomi d'un perroquet rouge qui, entre autres, savait différencier les quadrilatères et compter jusqu'à vingt. J'avais vu ses performances en monocycle avant de monter dans l'avion. Bientôt Biscuit allait dégobiller et le cameraman pourrait arrêter de se ronger les sangs.

L'Amazone. J'étais sur ses rives ocre, j'entendais la rumeur particulière de ses palpitations d'eau douce. Il me semblait revenir à une langue familière mais indéchiffrable. Je repensai à toutes ses photos d'endroits grandioses, gâchées par des vacanciers, rondelles de salami coincées entre deux pauvres tranches d'été ou d'hiver, toujours à tenter de capturer une majesté irréductible via pixels, petits boutons et likes de mamie, machin truc recroisé aux anniversaires.

J'aimais me faire manger sans rien dire par les images, le fleuve, même un caillou, une violette de bord de route, une tour de béton où une pancarte « Danger : tension » rouillait, tranquille.

Le peintre, Jules Karoo, avait amené son gosse ; il arrachait, mort d'ennui mais méticuleux, les ailes puis les pattes d'une grosse mouche. Je m'attendais à ce qu'il jette tout dans le fleuve, mais il sortit un mouchoir de sa poche – un de ceux, verts, qui sentent la menthe de bonbons pour pissoir – et mit les éléments de la mouche dessus, le mouchoir dans une main, et de l'autre il tirait du sol et déposait sur le mouchoir la mouche en morceaux. Ensuite, il plia le mouchoir et, avec délicatesse – un mouvement de cygne –, il posa le mouchoir sur l'eau. Le fleuve jaunâtre emporta la tache verte. J'attendis le bruit d'une baffe paternelle.

Falschfassung me prit par l'épaule, une mosaïque de bandages autour des reins et du pénis.

– Nous avons mal démarré les choses entre vous et moi. On dit « démarrer » en français ? Cet accident viril m'a fait réfléchir. Voudriez-vous prendre le thé dans ma tente, ce soir ? J'ai fait traverser le globe à du lapsang souchong, ce n'est pas pour rien.

Il regardait le fleuve en me déclamant ce ridicule envol lyrique. Je hochai la tête. Sun Tzu ne disait-il pas, dans son *Art de la guerre*, sois proche de tes amis, encore plus de tes ennemis ? Ou bien était-ce Einstein devant une diapositive Facebook ?

Ah !

Je m'arrêtai. Gon-Pa, assise en tailleur, lisait les *Lettres à son frère Théo.* Une main sous le menton, l'autre à tourner les pages. Elle gardait un côté femme-enfant qui me rendait dingue. Des vêtements de jeune femme coincée aux couleurs pâles, bien nets ; un physique à la sensualité discrète, et une toilette au maquillage à peine suggéré, d'un goût exquis, renforcé par la blancheur clinique des dents et l'obsessionnelle propreté du tout. Pourtant, elle ne dégageait pas cette perfection macabre qui cache une perversion quelconque des gens trop propres sur eux pour être honnêtes. Plutôt une forme d'espièglerie assumée, légère, d'innocence feinte, de joie de vivre à la naïveté calculée.

Je l'avais observée dans l'avion de ligne entre Bruxelles et le Brésil, puis dans le coucou qui nous avait menés dans la jungle. Contraint à chaque fois d'être assis à côté de Falschfassung, je me contorsionnais pour tenter d'admirer Gon-Pa avec le plus de discrétion possible. Falschfassung monologua sur la soirée karaoké où il avait fait sensation avec *Ganz in Weiß* de Roy Black. Une soirée concoctée sur le groupe Facebook de l'expédition. Distrait, j'avais loupé l'info. Tant mieux ; pas question de me ridiculiser un micro à la main.

Gon-Pa. Là, assise en tailleur, à tourner les pages, ses ongles éclatants de simplicité. Ce n'était pas la même attirance qu'avec Zhi. Zhi m'avait capturé, mais Gon-Pa, elle, réveillait en moi un paresseux instinct de conquête ; je voulais plus que lui plaire, je voulais l'éblouir. Devant une tâche si colossale, exigeant de moi tant d'attributs et de démarches, je me sentais écrabouillé, effondré sous la terrible fascination que j'avais pour elle.

Et puis je m'étais bien planté ; elle était loin d'être muette ! Tous réunis dans l'aéroport, j'avais eu l'occasion de voir à quel point elle avait le contact facile ; quel âne ! Elle fut avec moi, le soir sur le bateau, comme avec tout le monde.

Je m'approchai.

– Oh, ton fusil m'a fait peur !

– C'est une idée stupide du capitaine : il a la trouille des fauves et des crocodiles.

– Je ne crois pas qu'il y en ait ici…

Elle retourna à sa lecture et je me retrouvai debout à côté d'elle, pareil à un type bizarre qui, voulant ne rien déranger et ne heurter personne, mérite des baffes ; ces types-là, dégoulinants de trouille, le froussomètre à fond de balle, au point de lever l'index à chaque réplique. PARLE !

Je m'accroupis et lui demandai ce qu'elle lisait.

– Il y a exactement cent quarante-deux ans aujourd'hui, Vincent donnait son premier sermon.

La plupart des gens qui appellent les artistes par leur prénom me donnent des ulcères. Je me souviens d'un Gustave ô combien irritant un soir sur Arte, ou d'un VICTOOOOOOR, laudatif, lent, emphatique, venu d'une actrice bavaroise démodée qui joua dans nombre de films à l'eau de rose ; chez elle, ce réflexe bouffon conférait un air d'impertinence délicieuse.

– Gon-Pa, c'est Vincent Van Gogh hein, tu lis bien ses lettres ? Tu ne trouves pas curieux qu'il ait mis presque trente ans à s'intéresser à la peinture vu d'où il venait ?

– Pas tellement. Être entouré d'art peut intimider.

J'étais déstabilisé parce qu'elle n'était pas d'accord avec moi ; je m'étais habitué à regarder mon nombril à trois cent soixante degrés, de jour comme de nuit, à poil ou non, sobre ou bourré, dans toutes les nuances possibles des moutons de tissu trouvés à l'intérieur. Là, j'avais la chique coupée net.

– Un génie en tout cas.

Au mot « génie » elle roula les yeux, puis ne m'écouta plus et inspecta ses pieds d'un air grave.

– C'est une paillette d'or, non ?

C'en était une. Éclatante sous le soleil. J'avais entendu parler d'une nouvelle varicelle aurifère qui grêlait le poumon de la planète. J'en avais la preuve ; mais ce pouvait tout aussi bien être de la pyrite.

Je restai absorbé dans la contemplation de cette plante de pied, un pli entre les sourcils. Elle finit par reposer son pied par terre et reprendre sa lecture. Je partis sans mot dire.

Plusieurs chercheurs peinaient à nourrir le perroquet tandis que les artistes se tressaient des pagnes en arrachant de quoi les composer dans la nature. Je trouvais cela un peu naïf, enfin j'imagine que la moiteur des lieux se prêtait mal au travail acharné.

J'ouvris une glacière et partageai une bouteille d'eau plate avec un porteur ; j'essayai de lui parler de son travail mais nos anglais respectifs n'aboutirent à rien de consistant et, s'il crut voir dans mes questions de la pitié ou du mépris colonialiste, je ne le saurai jamais. Ce que je sais, c'est que chez lui, on dit que porter est plus lourd à l'aller qu'au retour, et il me mit une deuxième bouteille dans la main.

L'ennui atroce. On aurait pu me photographier le long du toboggan solaire ; en phase avec lui, assis, allongé, couché, debout. Le perroquet s'obstinait à manquer l'histoire. Biscuit demeurait un conquérant du savoir boudeur et capricieux.

Au crépuscule, on étendit un drap sur sa cage et, les paumes levées vers le ciel, son protecteur humain déclara, solennel et transpirant :

– C'est pour demain, les gars.

Un « Oh ! » mollasson suivit cette déclaration procrastinatoire.

J'avais rendez-vous avec une tasse de thé fumé. Falschfassung avait installé, je ne sais comment, nombre de petites boucles en tissu sur les pans intérieurs de sa tente ; à chaque boucle pendait un autoportrait. Il y en avait bien une vingtaine ; le nu, en noir et blanc, le représentait avec un aigle d'Isidore sur l'épaule gauche ; il tenait un crâne d'homme dans la main droite et dirigeait les orbites vers l'objectif, tout en mâchant du chewing-gum. La bulle qu'il formait couvrait un bon tiers de sa tête, cheveux compris.

– Ce sont les armoiries modernisées de ma famille, dont mon illustre ancêtre Karl-Gustav von Falschfassung, un haut fonctionnaire d'une branche des Habsbourg qui fut secrétaire particulier de Sebastián de Belalcázar pendant le gouvernement de Popayán, dans l'actuelle Colombie.

– C'est une blague ?

La soirée commençait mal. Sur le tapis épais de la tente, vaguement similaire à un tapis de sortie de douche dans les sensations, l'élégance et le confort, était disposé un réchaud à gaz où trônaient une théière cabossée vert pistache et un petit plateau en bambou sur lequel deux tasses à thé chinoises attendaient de servir à quelque chose. Je m'assis dos aux armoiries modernisées.

Falschfassung versa le thé à la robe brunâtre. Il s'en échappait une odeur curieuse évoquant de la cannelle salée. Je me sentais coupable. Dans les cas où un individu fait un pas vers soi, il faut aussi en faire un. Pourtant je ne trouvais rien à dire.

– Le thé est délicieux. Quel est son nom déjà ?

Mon small talk fut blackboulé sans états d'âme. Flûte.

– Libski, je…

Forcément, deux mots dont mon nom de famille, un vocatif, entre les deux une virgule, mon cerveau fit son baluchon de circonstance : slip propre, brosse à dents. Tout ce dont un auto-stoppeur a besoin, d'après un ancien professeur d'allemand de l'université. Un type génial, toujours entre la Namibie et l'Europe, à bosser d'arrache-pied pour l'Agence universitaire de la francophonie ou le Conseil de l'orthographe allemande, en tant que représentant belge.

– Libski ! Vous m'écoutez ?

Il paraît que de nombreuses stars de la pop et du hard rock se défoncent au sirop pour la toux ; même le terme de *purple* qui renvoyait jusqu'alors à la *purple haze*, une marie-jeanne fort appréciée des connaisseurs, finit par étendre son acception au sirop pour la toux mêlé à des antihistaminiques en vente libre. Le mélange violacé, le *purple drank,* permet de l'euphorie et des hallucinations à peu de frais et dès la puberté. J'en aurais eu besoin, pourtant son discours était sirupeux au possible.

Il mit son cœur et sa vie à nu sans omettre aucun détail : ses complexes, sa thérapie cognitive comportementale et, bien sûr, la relation conflictuelle avec ses parents. Comment il aurait dû reprendre la longue tradition des horloges bavaroises Falschfassung, apprendre le métier puis devenir un golden boy à son *Vati*. Comment sa mère, issue d'un milieu encore plus élevé, lui répétait devant ses amis, à ses goûters d'anniversaire, qu'avoir ruiné sa vie et son bas-ventre n'était pas une excuse, beaucoup s'en faut, pour exprimer des exigences à propos du gâteau ou des animations.

– Eh oui, Libski. Je me souviens d'une conversation avec un clown et magicien d'anniversaire. Roldie le clown fumait des roulées pendant le lâcher de colombes ; je pleurais de tout mon saoul puisque Mutti avait écrasé l'une de ses cigarettes sur ma part de Schwarzwälder. Il vint me voir, ce type énorme et sa salopette en cuir noir, son maquillage grossier dégoulinant au soleil. Il posa ses énormes fesses à côté des miennes, moi, pauvre enfant esseulé, assis au bord du trottoir, devant la demeure familiale. Il me serra contre lui et je me souviens de cette sensation de chaleur et de sécurité sous l'aisselle de ce professionnel du monde du spectacle. Je ne tardai pas à recevoir une moiteur abondante sur mes cheveux, une moiteur à l'odeur de tabac brun et de saucisse grillée. Je lui demandai, les yeux pleins de larmes : « Pourquoi maman me déteste ? Pourquoi suis-je si triste ? » Roldie cracha de la fumée en s'épongeant le front avec un mouchoir multicolore. « Personne ne choisit de naître, fiston. Regarde ! Ma mère m'adore, respire de l'oxygène en bonbonne dans une maison de repos hors de prix pendant qu'en plus de mon travail de nuit au Club Bombay, j'assure les cours de poterie au lycée technique, tout ça pour qu'elle meure lentement dans la bonne humeur ! Si j'avais la chance de la haïr, je serais déjà sous les tropiques. » Adolescent, j'écopai du surnom « Tarte aux fraises » mais mon destin était tracé à l'indélébile sur mon âme : chaque quolibet me renvoyait à ma pratique de l'autoportrait, à mes études solitaires où j'avais pour seule compagnie de grands noms : Heidegger, Saussure, Wittgenstein…

On ne peut qu'être touché par tant de pathos. Il n'y avait ni divorce, ni meurtre, ni tabou, mais le discours des origines m'avait atteint au cœur et je commençai à débiter mon laïus : un père déçu de mes choix, une mère de façade, toujours à mieux considérer les étrangers (blancs et riches) que la famille, à sauver les apparences amères d'un noyau de néant et de froideur, l'incarnation humaine d'un cache-misère décoratif, d'une jaquette de roman démodé.

Un long silence suivit mes révélations.

– Et donc, corrigez-moi si je me trompe, mais tout ce que vous avez trouvé pour contrer votre père c'est lui obéir et accomplir cette quête harassante et, disons-le franchement, inutile, qui vous promène à l'autre bout du monde ?

Je ne répondis pas. J'avais été surpris de nos points communs et, pour tout dire, n'avais pas vu les choses sous cet angle ni prévu un tel salto mental.

Nous bûmes du thé en silence et Falschfassung eut la délicatesse de changer de sujet. Il parla de ce perroquet, de la crème qu'il devait s'appliquer quatre fois par jour sur les parties et qui, sous cette chaleur humide tropicale, décantait comme de la vieille moutarde, fit quelques blagues, puis je lui parlai du Victoooooor d'Ullah Papageno, dans cette interview culte. Il rit beaucoup à ce souvenir, mentionna que mon grand-oncle, Kaspar Libski, avait publié une biographie de Papageno dans les années 40, ce qui m'enchanta et me surprit.

Hélas, revenu au silence peuplé de moustiques sous ma tente, la question du philosophe demeurait, flottant au-dessus de mon crâne, telles les lueurs clignotantes d'un détecteur de fumée en parfait état de marche : pourquoi avais-je en tout point obéi à mon père ?

D'une certaine manière, j'aurais pu en arriver au même résultat : sans faire appel à mon père, engagé dans la marine, me voilà derechef sur les berges de l'Amazone. Peut-être pas si loin, le Danube, allez… la Meuse ?

Je ne sais pas non plus si « contrer mon père » était la bonne formule. À la fin, je ne savais plus si mes actions lui plaisaient ou non et si je les entreprenais pour lui plaire ou non. J'imaginais, oui, sans doute, que de toute éternité tout fils aspire à rendre son père fier de lui, peu importe le père d'ailleurs. Y compris un père mort. Y compris un père disparu, absent, fuyant, lâche, homophobe ou toute autre horreur d'homme irresponsable envisagé.

Ces considérations lointaines assouplissaient les traits de mon père dans ma mémoire. Lui donnaient presque des parfums de linge propre et souple, frais sorti de la machine. Ensuite cette image m'apparut cruelle, élargie par l'amplitude de son mensonge de sucre glace, figée, au sourire implacable d'une affiche de propagande rouge pétant.

Je n'arrivai à rien démêler : nos moments de tendresse finissaient par être ternis par le souvenir d'après, plus sombre. Et celui-là, rendu moins terrible par le temps et ma nature molle, prompte à voir en chaque acte un relent rédempteur, à pardonner tout un peu par paresse, un peu par faiblesse de cœur, un peu par étourderie, rendait l'horreur du souvenir détesté moins haïssable, arrondissait les angles en floutant le cadrage et en surexposant les reflets lumineux.

Un temps, je tentai de me faire comptable de ma relation père-fils ; j'attribuai, selon des critères de plus en plus précis et abondants, une note sur dix à chacun des moments marquants passés ensemble, classés en deux catégories : ceux porteurs de joie et ceux porteurs de tristesse et/ou d'amertume ou de colère. Au bout d'un scanner rapide de mon enfance et de mon adolescence, je m'emmêlai les pinceaux, et dus créer une catégorie d'inclassables, la plus importante des trois en fin de compte.

Arrivé à ce constat, je pivotai à cent quatre-vingts degrés et essayai de juger si oui ou non les déceptions de mon père étaient justifiées, non pas de mon point de vue, mais d'un double fantasmé de moi-même ; lui n'aurait pas fait les mêmes choix et aurait un avis différent. Je les multipliai pour les aider à juger mon cas. Ils devinrent un immense jury composé de doubles issus de dimensions parallèles. Évidemment ils s'engueulaient à tour de rôle, et je devenais minuscule face à cette foule de moi possibles.

Angoissé par ce brouhaha terrible à l'intérieur, je me levai, me regardai dans le miroir accroché sur le côté de ma tente pendant quelques minutes et me concentrai sur ma respiration et les bruits de la nuit, tissés de fauves invisibles et d'insectes partouzeurs. Je tirai une longue gorgée d'eau de ma gourde et m'endormis en tripotant mon visage pour être sûr qu'il était bien à sa place.

15

Dehors, il régnait une agitation mêlée d'appeaux à perruches. De temps en temps, un rabat-joie s'élevait au-dessus des ondes sonores et récriminait son prochain non identifié. « Les appeaux à perruches ne fonctionnent pas pour les perroquets ! Ça ne marchera pas ! Tout est vain ! »

Bon, j'ai peut-être inventé la dernière phrase. Il y avait dans sa voix un air de trompettes de l'Apocalypse.

Je cherchais désespérément du café. L'une des cuisses de Falschfassung était rouge.

– Vous le croyez, vous ? Ce docteur m'a massacré la mentule et il a en plus trop serré les bandages !

Il n'y avait pas de café.

Gon-Pa lisait, assise en tailleur, sage que le tumulte du monde ne fait ni tressaillir ni angoisser. Je lui tapotai l'épaule ; elle se retourna en souriant, de ces sourires polis du bas de la face. Un sourire sans valeur.

– Qu'est-ce qui se passe ? Où est le café ?

– Le perroquet a disparu. Et non.

– Non quoi ?

– Il n'y en a plus.

– Comment ça, disparu ?

J'appris plus tard, une tasse de café lyophilisé en main – disgrâce – que la cage du perroquet avait été subtilisée ; un petit groupe de scientifiques fouinait partout, en quête d'éventuels indices. D'autres, convaincus de l'intelligence supérieure de Biscuit, soutenaient qu'il s'était échappé de sa cage – nan mais oui, Biscuit le perroquet de MacGyver, bien sûr – et soufflaient depuis potron-minet dans leurs horribles appeaux. Il manquait également une glacière de vivres et d'eau et un certain nombre de rouleaux de papier-toilette.

Je m'assis sur une chaise pliante, le gobelet de café en main. Au nom du ciel, qui pouvait bien avoir volé une caisse de vivres, du papier-toilette en plus d'un perroquet à la valeur scientifique inestimable ?

Le scientifique en charge du perroquet était enfin réveillé. Personne n'avait osé le prévenir. Son « bande de blaireaux » fut le soleil de ma journée. Un côté violent mais net, sans virer au soprano ; un blaireau de ténor en colère, de père d'Alfredo tatillon et revanchard, le bras accusateur tendu jusqu'à l'ultime phalange de son index. Les veines sillonnant son visage ne gâchèrent rien au plaisir. J'applaudis.

Bien sûr, le perroquet avait un tracker à la patte. Un truc minuscule autour de sa troisième griffe. Et, bien sûr, un ordinateur portable dédié au volatile, posé sur les genoux du scientifique, faisait déjà son travail.

Je ne mentirai pas : voir une vingtaine d'hurluberlus composites armés de crayons affûtés, de pieds de caméra et d'autres objets menaçants filer à vol d'oiseau à travers la jungle, c'est peu courant. L'un des théâtreux de l'équipe, aussi jongleur, utilisa ses tronçonneuses de manière normale pour la première fois de sa vie ; il avait l'air aux anges. Falschfassung me prêta son appareil photo, désolé de ne pouvoir nous suivre.

La mission de secours pour Biscuit traversa huit cents mètres de jungle épaisse, ce qui prend un certain temps, même en colère, même déterminé, même armé de tronçonneuses de cirque. Au bout de ce harassant parcours, un rire se fit princier.

Près d'un minuscule cours d'eau, dans une portion dégagée de la terre, un drôle de type, fait d'os noirs et de dents de métal, tapait des mains et exécutait une étrange danse d'accueil. Il dressa ensuite une table et remplit, vif mais précautionneux, une vingtaine de verres à shot. Le liquide, couleur dorée, semblait bien lui convenir, puisqu'il vida le reste de la bouteille – sans verre, pour sa part. Il dut tenir ladite bouteille à deux mains.

– De la compagnie ! Ah ! Ah ! Tu as entendu, perroquet ? Nous allons boire le Zillerio !

Le gardien du perroquet s'avance.

Ils me regardèrent tous. J'avais brisé une tension dramatique.

– Rendez-nous l'animal ! Nous avons des… euh…

– Ah non, il me tient compagnie.

Un conciliabule se tint. On envisagea toutes les possibilités : le meurtre, le négoce, le vol de nuit.

Le négoce.

– Que veux-tu en échange ?

On s'en foutait des vivres et du papier-toilette.

– Un avion jusqu'à Montevideo, un sac rempli de dollars en coupures de cinq, et tes lunettes.

Nouveau conciliabule.

– Tu es complètement fou. Rends-nous le perroquet ou nous appelons la police.

C'était miser gros sur la bêtise présumée de l'inconnu. Quel téléphone ? Quel réseau passerait dans la jungle ? Et la police arriverait à moto, en futal blanc cassé, *shades* carrées sur le pif, le générique de *K2000* craché à fond par la radio de patrouille ?

Là, il sortit un flingue. Le groupe recula.

– Je veux un ami. Un vrai, avec une bouche. Il ne doit pas ronfler.

Troisième conciliabule.

– J'ai un dictaphone. Joseph peut l'installer dans une peluche en crochet de la taille et de l'aspect de ton choix. Je propose même un set de piles neuves. Dernière offre.

– NON ! Je veux un ami qui puisse répondre !

– Ça ne se trouve pas comme ça !

– Alors je le veux, lui.

Et lui, c'était moi. Joseph, artiste concepteur de la marque MaPelucheencrochet, venait de passer du rose au blanc-vert pour revenir au blanc. J'essayai en vain de me rappeler au nom de quoi j'aurais l'air sympathique. Zhi Bu m'avait trouvé érotique, mais sympathique, jamais. On me trouvait caustique, quelquefois.

Quatrième conciliabule où l'on décida, pour l'instant, de me livrer. Promis juré, on reviendrait me chercher avec la police le lendemain. En attendant, et ce au nom de la science, du bien-être animal, et du flingue pointé sur tous, de la chaleur étouffante, je devais obtempérer.

Mes protestations n'y firent pas grand-chose. Je me retrouvai seul. Mon nouvel ami abaissa son arme et me fit un câlin saisissant de candeur et de franchise.

– Je me nomme Camille, et toi ?

Il adorait mon prénom, et mit toujours plein d'emphase sur la deuxième syllabe.

J'appris plus tard l'échec de l'opération de sauvetage nocturne. On avait bien essayé de fabriquer des pieux en bois mais le feu n'avait pas durci les pointes comme il fallait. Dans le doute…

Falschfassung rigolait bien : Camille avait été porteur. Je ne risquais rien, et tout le sel de la blague était de voir le reste de l'équipe, inconsciente du danger zéro, s'affairer à tenter de me sauver, inquiète.

On m'avait échangé contre Biscuit, le conquérant du savoir, l'oiseau prodige, capable de compter, de rouler en monocycle, de s'échapper de sa cage, tel Houdini enroulé dans trois tonnes de chaînes d'acier, plongé au milieu d'un aquarium rempli de requins assoiffés de sang. Je ne savais pas rouler en monocycle et je commençais à devenir jaloux. D'autant que, si je pouvais compter jusqu'à vingt, on ne m'avait jamais applaudi pour cela.

16

Mon ravisseur n'était pas un méchant homme, juste émotionnellement atteint, mais à la manière d'un homme fragile bousculé par la férocité de l'existence, incapable d'y répondre autrement que par des solutions ridicules.

Il écarta d'abord deux verres à shot, puis, un à un, remplit sa bouteille vide avec le contenu des dix-huit autres. Je dus trinquer. On y discernait une odeur d'herbe coupée, de noisette, de miel de sapin et de bleu d'Auvergne. En bouche, passé le choc du degré d'alcool, la brûlure se faisait plus caressante, et un arôme proche du wasabi, mêlé à du caramel de baies de canneberge, montait au nez.

Pas mal.

– Maintenant, nous allons parler. Je ne suis pas stupide, je sais qu'un ami, ce n'est pas comme ça que ça se passe. Il faut boire plus, et sur de plus longues périodes. J'ai préparé cette rencontre depuis longtemps. Je veux être écouté, applaudi, questionné, et ensuite, au bout de la nuit, peu avant le matin, je m'enfuirai pour échapper à la police et tu diras que rien ne t'est arrivé et tu ne porteras pas plainte. JURE !

– Je le jure.

Menacé par un flingue, devenir un homme de parole est bien plus facile.

– Bien. Maintenant, dors jusqu'à la nuit.

Il me jeta un tapis de sol. Je m'étendis et me dis que lui aussi dormait, désormais. Je pourrais m'enfuir, mais je n'avais pas retenu le chemin jusqu'au camp et mon départ risquerait de le fâcher. Je pourrais me perdre.

La nuit arriva et il me réveilla avec un sandwich au gouda mi-vieux qu'il tapota contre ma joue.

– Réveille-toi ! Il faut manger !

Il dévorait un paquet de chips saveur saucisse de Francfort par bouchées énormes ; il léchait sa main au millimètre avant de l'y replonger dans le sac. Le paquet terminé, il déchira les côtés pour créer une sorte de feuille d'aluminium grasse et plane qu'il lécha à son tour. Il cala ensuite la feuille sous une grosse pierre et revint avec une aiguille et du fil à coudre. Il cousit une sorte de chaussette avec le paquet de chips, l'enfila, et constata en riant qu'elle se désagrégeait.

Je ris aussi – que faire d'autre ? – et cette complicité l'enchanta. Il décapsula deux Weißbier sorties de la glacière et m'en tendit une. Pendant que je finissais mon repas, il déplia deux chaises de camping, fit du feu, et la nuit apparut.

C'est alors que derrière la flamme prend place un théâtre tout à fait extraordinaire : d'abord, j'entends les pas d'échassier de mon ravisseur faire crisser les branchages, puis le cri lent et plaintif d'un coffre bavard. Un bruissement de feuilles artificielles perce mes oreilles, et sous les yeux de Camille désormais face à moi, je vois deux mains qui tiennent un tas de papier inégal de couleurs sauvages. Un vrai théâtre de dentelles, composé de personnages découpés en négatif, à la manière d'une lanterne magique de fortune ; les flammes les font apparaître, devant eux leurs ombres se déploient, disputent les ténèbres à la nuit.

Puis mon œil reconnaît. Non pas des lettres, non. Des figures et des formes. Des messieurs droits, habillés à l'européenne. Des chapeaux décrits, vigoureux sur la tête de Rastignac des dernières années, sur Dickens au temps des promenades autour du monde, des tournées de lectures ! Les boutons d'or, les gants de soie, et le feu, derrière, vivant, mimant le tonnerre, le carnaval, le vif cortège des géants Printemps, des géants Hiver ! Et ce silence de bête encore à l'arrière-plan, ce silence de fauve bâtard dont on ne comprend les cris qu'à grand-peine, faudrait aller chercher le reptile caché sous le front, le muet hurlant la soif, la faim, le désir. L'imposante vibration des yeux tout autour, des respirations invisibles, tatillonnes, dissimulées sous l'incompétence du regard, oh ! Les dames, aussi. Leurs larges robes aux dentelles fines, à la boue absente cette fois, c'est le Cinéma Caboche, monsieur, celui-là même collé au train des songe-creux, à la pelle, la lavandière et le tissu autour de la tête, l'élégante en robe de soirée et fume-cigarette, la gourgandine, les guerrières écossaises, les pirates femmes de pirates, les détentrices du pouvoir. Les monstres morts et les monstres vivants, dragons de tous les pays, chimères tordues, coffres volants, chiens géants et cygnes candides.

Tout cela taillé dans du papier, à distance maîtrisée des flammes.

S'étirait au bord des ténèbres amazoniennes un palais d'ombres fébriles, montées en creux jusqu'à la gorge, volées là au foyer déchiffré, actrices évaporées entre les doigts et sous la glotte acrobatique de Camille, sifflant, portant, crachant, hurlant, dictant les méandres ciselés d'un cabaret sublime. La voix polymorphe chantait encore, roulait, bataillait, offrait et reprenait leurs âmes aux êtres de papier, occupés par-delà les sept mers, par-delà le cercle polaire ou les déserts de sable aux noms périmés mais si grandioses qu'ils peuvent faire doubler, tripler, quadrupler un même lieu. Mais, alors que le soldat était sauvé de la pendaison par son briquet, fier de se marier avec la princesse et de vivre heureux pour toujours, les yeux extatiques de Camille prirent un tour mélancolique. Le show était fini.

– Je vais te dire d'où je tiens cet art de conteur pour bonshommes de papier. J'avais bien entendu quelques contes enfant, dans ma langue maternelle. Mais je les avais vite oubliés. Je suis devenu porteur parce que j'apprenais vite les langues, j'étais fort, grand, large d'épaules et de rire facile. Le travail n'était pas très dur ; on pratiquait des tarifs exorbitants, oui, pas pour les clients. C'est au bout de quelques années qu'arriva Rita. Elle faisait un reportage sur les mines d'or de l'Amazonie pour DR1, une chaîne de télévision danoise. Elle était fine, grande, mince comme je le suis maintenant, si blanche que les veines de ses poignets ressemblaient à des cours d'eau sur les anciennes cartes ; ses yeux variaient, à la lumière, du gris clair au bleu acier et ses lèvres fines avaient un goût de pâtisseries à la cannelle et aux graines de pavot. Les autres disaient : « Elle pue ! Elle sent le savon et les produits chimiques ! » Moi j'aimais cette odeur-là, qui persistait longtemps sur ma peau et mes vêtements. Elle avait besoin de moi pour savoir où se trouvaient les chercheurs d'or solitaires, pas ceux qui travaillaient pour les organisations criminelles, dans les mines. Elle analysait la quantité de mercure dans l'eau, effectua quelques relevés. Je traduisais les questions qu'elle posait et, à force de passer du temps ensemble, même si les conversations se limitaient à peu de choses, on a fini par s'aimer le temps du tournage. C'est elle qui m'apprit que dans son pays leur écrivain le plus célèbre découpait des figures de papier pour les enfants et racontait des histoires. Andersen. Alors je lui demandai de me dire tout ce qu'elle savait, de m'envoyer des livres. Elle le fit quelques fois, puis plus rien. Tu sais, ce n'était pas d'une densité folle ; elle était une personne puissante, qui fait et fait sans cesse beaucoup de choses, qui ne calcule pas son effort. J'ai eu de la chance de la croiser. Quand je suis devenu trop faible pour bien porter, après une blessure à l'épaule, je suis tombé sur cet endroit où je trouve de l'or, de temps en temps. Ça suffit.

Il chanta ensuite un a capella monotone, dans le style d'Arthur Russell.

– Et toi ?

Et moi, inévitablement. Même laïus, peu ou prou, que celui à Falschfassung. Mon père était déçu des choix de son fils, incapable de lui parler. Ma mère me trouvait au mieux incompréhensible au pire encombrant, pas de communication non plus. Je faisais le tour du monde, un peu parce que je n'avais pas d'alternative, un peu pour faire plaisir à mon père, en quelque sorte.

Il cria sur un long son plaintif. Un silence suivit, long, où il laissa sa main sur mon épaule. J'avais un peu honte, alors je ne le regardai pas dans les yeux tout à fait.

– Je suis désolé d'avoir volé le perroquet et de t'avoir forcé à m'écouter.

Le lendemain matin, à l'arrivée de la police et de certains membres du groupe, Camille s'était enfui.

17

Le temps que je revienne, Biscuit avait vomi. Le premier candiru à avoir fait le tour du globe par génétique interposée était retourné à la terre de ses ancêtres. Ma disparition n'avait pas plus d'importance qu'un oubli d'anniversaire gênant. J'eus tout de même droit à un tapotage de dos et deux trois ouf.

Gon-Pa attendait près de ma tente, les mains jointes, le buste et les épaules inclinés légèrement vers l'avant, à la façon d'une écolière de dessin animé au garde-à-vous. Elle voulut tout savoir de mon kidnapping, *dans les moindres détails*.

Enfin ! J'avais fait une percée décisive ! Elle semblait sincère ! Oh boy, oh boy.

Je maintins un flegme simulé à la perfection, et ajoutai même une pointe de lassitude lorsqu'il fallut déplier une chaise de camping pour elle. Assise sur ses jambes pliées de côté, elle écouta mon récit sans détourner une seconde le regard ; elle parvenait mal à contenir un sourire permanent, et à rester immobile ; de temps en temps elle laissait échapper un hochement de tête. En parallèle, elle émettait de petits sons graves.

Je me sentais de plus en plus à l'aise devant un tel public ; d'abord préoccupé par l'incarnation d'une nonchalance boudeuse, je m'étais mis au bord du lit de camp, les bras étendus pour me soutenir, presque en train de bronzer, l'œil vers le haut, loin de Gon-Pa. Pourtant, face à un tel enthousiasme de sa part, je me rassis bientôt de manière plus correcte, je bombai le torse, finis même par illustrer mes propos de gestes audacieux, par bondir sur le lit, sauter dans tous les sens, mimer chaque étape de mon histoire (ou de celle de Camille) en changeant de voix et de posture pour imiter les différents protagonistes, bref, me transformer malgré moi en bête de scène.

Elle applaudit des deux mains et, à mesure que je tentais d'érotiser l'atmosphère via un silence prolongé, elle m'assura que je ferais un bon collègue.

Ah ?

Oui, un collègue fantastique ; sa société cherchait des gens comme moi, capables de comprendre les manques affectifs des individus et d'y répondre de manière adéquate. Selon elle, j'avais un potentiel fou en tant qu'ami de location.

Je réprimai un rictus. Ne venait-elle pas de faire une erreur de français et de m'encourager à poursuivre une carrière de gigolo ? Alors que je tentais de lui expliquer son erreur, elle saisit la balle au bond et répéta la suite de termes *ami de location* ; je restai perdu. Pourtant, c'était clair. Au Japon, l'on pouvait louer un ami pour une heure ou plus, à la semaine, au mois, pour les vacances… Gon-Pa aimait beaucoup son métier, très bien payé, d'une ridicule facilité pour elle. Il suffisait de retenir par cœur une somme de détails, la couleur préférée, les activités favorites, puis, la plupart du temps, être à l'écoute. Le plus pénible était, selon le hasard des rendez-vous, de devoir manger trois fois de suite au restaurant, ou bien passer la journée au minigolf, ou encore faire face à une série de clients déprimés. Si le client devenait entreprenant et dépassait les limites strictes du contrat, il était blacklisté et la menace de porter plainte suffisait à l'éloigner ; en cas de problème, un malabar était toujours à portée d'oreillette via une phrase codée du genre « J'ai cassé mon lacet ».

Sa société, Client Partners, finançait une partie de l'expédition ; Gon-Pa était chargée d'observer l'amitié à l'occidentale et de livrer son rapport d'expertise, élément indispensable à une étude de marché centrée sur l'Europe, terre de plus en plus riche en solitudes forcées et liens affectifs déliquescents, où le nombre de dépressions et de tentatives de suicide augmentait chaque année. Quel meilleur moyen pour cela qu'un navire européen multiculturel ! Une occasion en or.

Elle me tendit une carte de sa société et m'assura de son soutien si je décidais de poursuivre une telle carrière. Elle alla faire ses bagages ; nous partirions le lendemain.

Je déchirai la carte de rage et la mangeai ensuite. Ces informations étaient terribles. Séduire une amie à louer professionnelle représentait un défi bien au-delà de mon sex-appeal présumé. Et puis comment démêler chez elle la pro avide de savoir et la personne elle-même ? En sus, où placer la limite entre charme naturel et charme calculé ? Était-ce calculé d'ailleurs, ou des compétences innées mises au service de son portefeuille ? Même concevoir un *charme calculé*, serait-ce, diantre, réduire tout rapport amical à un code ? Brouillé, défait, confus, je laissai la nuit et le sommeil me ramener sur terre.

Il était temps de quitter l'Amazonie.

Côte de l'Alaska
L'*Izoard* bloqué au milieu des glaces

18

Nous étions piégés dans les glaces du Pacifique Nord depuis plusieurs semaines. Je relisais le dernier e-mail d'Eddy, qui m'était parvenu avant d'embarquer :

Mon très cher Théodore-James,

J'ai bien reçu ta lettre me racontant ton kidnapping. Je pense que cet indigène a raison : tu n'es pas au bout de tes peines. Néanmoins, tu sembles avoir accepté le mouvement de ton sort, du moins t'en être accommodé et je t'en félicite.

Mes projets avancent bien et de nombreuses familles acceptent de se prêter au jeu, si je puis dire. Je regrette qu'en Europe l'embaumement des morts à des visées artistiques, du moins pour les cérémonies à cercueil ouvert, ne soit pas plus courant. Je peine à trouver des jeunes accidentés en état de se faire photographier.

Tu trouveras ci-joint un Point it de signes universels. Je te sais mauvais en langues étrangères et j'espère, ainsi, t'éviter des situations malencontreuses où un malentendu t'aurait jeté sans égard pour ton bien-être.

Amitiés démonstratives,

Eddie Manhattan

Je n'avais pas eu le temps de passer en Belgique après l'Amazonie ; le jour du départ, nous avions reçu une alerte de la spécialiste en cétacés attachée à l'expédition ; si nous voulions approcher du prochain animal, une baleine, nous devions nous dépêcher. Son schéma migratoire complexe se mariait mal avec les impératifs climatiques ; si nous tardions trop, les glaces seraient déjà formées, la mer impraticable. La fenêtre était étroite. Elle se referma sur nous tous.

La présentation de la spécialiste se fit donc par vidéoconférence. Elle présenta d'abord un état des lieux de la baleine, un tableau général des espèces, l'histoire de sa chasse, un bref aparté mythologique, puis discuta longuement de cette baleine en particulier. Nous n'allions pas observer les baleines, ou une espèce, mais bien un individu. Une célébrité. Avec son fan-club, ses casquettes, ses pin's, ses badges, ses posters, et la directrice de ce fan-club n'était autre que la spécialiste elle-même.

– Les baleines chantent, c'est connu, mais à une fréquence entre 12 et 25 hertz. Le spécimen qui nous intéresse aujourd'hui, et que vous allez tous avoir le privilège de suivre et de rencontrer, chante à une fréquence plus haute, à 52 hertz. D'où son nom.

La belle affaire. Encore une histoire de prestige paternel, tout ça. On devait l'enregistrer et son chant unique devait être un grand cru ou quelque chose du genre ; le caprice des stars en manque de musique de fond pendant leurs stages de méditation pleine conscience. Pourquoi Falschfassung réprimait-il un sanglot ?

– Seulement, cette particularité la rend bizarre pour les autres baleines. On ne sait pas exactement pourquoi elle chante à cette fréquence ; le chant est un élément culturel. 52 Hertz n'a pas appris les codes de cette culture, soit par manque de semblables, soit elle est peut-être incapable de chanter autrement. Par conséquent, elle est marginalisée, vit seule, et poursuit un schéma migratoire unique.

Falschfassung pleurait carrément, là.

– Certains pensent qu'elle est l'unique représentante de son espèce, parente de la baleine bleue. Peut-être un hybride. Ou un individu handicapé de naissance.

J'imaginai toutes ces années, seule, le quotidien mélancolique troublé par quelques hommes-grenouilles venus l'observer. Nous étions tous ébranlés ; Falschfassung laissait les larmes couler le long de son visage, la morve trembler et inonder sa lèvre supérieure. Il tentait de rester silencieux pour ne pas foutre en l'air la vidéoconférence.

– Je vous rejoindrai dans deux trois semaines quand vous l'aurez trouvée. J'ai transmis la marche à suivre à votre capitaine. Je vous souhaite de faire bon voyage. À bientôt.

L'*Izoard* se mit en route vers le Pacifique Nord. Au bout de plusieurs jours de recherche, rien. C'est que le système REPCET, pour **Rep**érage en temps réel des **cét**acés, qui transmet la position exacte via radar des cétacés dans toutes les mers du globe, grâce à la liaison satellite, foirait sur notre écran dédié à bord. Lejeune avait oublié d'installer la dernière mise à jour du logiciel, et nous étions loin d'Internet. Pas de sonar sur le navire, jugé nuisible aux animaux marins. Restait la méthode éprouvée : une bonne paire de jumelles.

En effet, le radar ne sert pas à grand-chose pour *trouver* une baleine, animal par définition souvent sous l'eau (le radar ne marche pas très bien sous la surface). Il sert juste à *signaler* celles émergées à un instant T à un point P. Des milliers d'observateurs anonymes éparpillés sur les mers du globe signalent la position des cétacés et REPCET fait le travail de mise à jour d'une carte mondiale en temps réel. Ç'aurait été bien pratique. Quoique ; 52 Hertz n'est repérable que via la hauteur singulière de son chant, et pas en visuel. On la confond vite avec une baleine bleue commune, à part, bien sûr, les fanatiques absolus ; eux la reconnaîtraient au premier coup d'œil.

Nous avions établi des quarts, et organisé nos journées afin que, vingt-quatre heures sur vingt-quatre, les trois cent soixante degrés observables soient couverts. Le pire était le nombre atroce de baleines communes qui croisaient notre route. Au début, nous étions tout excités. Chaque baleine se soldait par un cri volcanique « BALEINE EN VUE », suivi d'un attroupement. Nous quittions notre poste, accourions des cabines et attendions, fébriles. Mais non. Un rorqual commun, ou un autre truc banal. Plusieurs fois par jour. Cela finit d'émousser notre enthousiasme. Une certaine lassitude s'installa. Nous ne criions plus à chaque fois « BALEINE EN VUE » ; nous nous arrêtions une fois un spécimen repéré, puis tendions l'oreille vers les profondeurs : un périscope sonore, sorte de perche-micro plongée sous la mer, transmettait les chants éventuels et affichait, au bout de quelques secondes, le chiffre fatidique. Toujours elles chantaient entre 12 et 25 hertz, trop bas.

Zombifiés, c'est le mot ; entre le manque de sommeil et l'obsession tendue vers 52 Hertz, chaque nouvel animal comme un autre billet de loterie, nous étions un seul corps muni de trois douzaines d'yeux et d'oreilles, moulés par un objectif commun. Avec le recul, je me sentais bien, fondu à l'intérieur de cette masse sentinelle, à moitié endormi.

19

Lejeune nous convoqua, un matin, via les haut-parleurs du navire ; du pont, ou des cabines, lassés d'attendre ou engourdis de sommeil, nous arrivâmes à la salle de conférences ; Lejeune terminait la dernière cigarette de son paquet, le regard vers nous, mais de biais, assis au bord d'une des tables, les bras croisés sur la poitrine. Tshituka et Jonquille, les seconds, étaient de part et d'autre, l'air abattu.

Nous étions assis autour de la grande table ovale, Lejeune au bout, devant un tableau blanc bardé de chiffres.

– Bon, qui a vomi sur la radio ?

Pas de réaction.

– Et qui a utilisé nos fusées de détresse sans m'avertir qu'il fallait les remplacer ?

Karoo rit, nerveux.

– C'est moi. J'ai vomi sur la radio en essayant de retrouver ma cabine, le lendemain j'ai tout nettoyé. Je pensais que ça irait. Les fusées, c'est moi qui les ai lancées, tu devais être au lit. Une idée de Gon-Pa.

Elle regarda ses chaussures. Robert devint rouge et les tempes palpitantes, il sermonna Jules Karoo comme un gosse pris en possession d'héroïne. Un petit côté capitaine Haddock entre les *triple buse*, *bougre d'imbécile*, *peintre du dimanche*, *irresponsable autruche* et un tas d'autres noms d'oiseaux. Personne ne comprit tout de suite, mais Yens fit le lien assez vite.

– Attendez, pourquoi on devrait s'inquiéter des fusées de détresse et de la radio ?

Silence.

– On… on est coincés c'est ça ?

Lejeune n'osait plus nous regarder, il parlait de dos.

– Présentement, oui. Je suis en partie responsable ; à quelques jours près, nous avons trop attendu. J'ai voulu pister cette baleine jusqu'à nos dernières limites, mais, hélas, j'ai trop tiré sur la corde.

Armé de son pointeur laser, focalisé sur les données du tableau blanc derrière lui, il partagea avec nous les tenants et aboutissants de notre sort. Il restait quinze jours de vivres. Nous étions coincés à telle latitude et telle longitude au large de l'Alaska, où la glace ne fond pas avant plusieurs mois, et où le trafic maritime est quasi nul. Loin du tableau, je ne parvenais pas à lire les chiffres. En outre, j'étais perdu dans mes pensées. Je n'écoutais rien ; j'avais été heurté par l'aveu de Karoo. Je n'avais pas assisté à ces feux d'artifice improvisés. Je songeais bien plus à mon ostracisme social qu'à la situation critique. Je loupai pas mal d'infos essentielles, occupé à lister les choses à faire pour que l'équipe m'apprécie. Être un bon écoutant ; ne pas parler de soi de manière excessive ; être empathique ; être un moteur d'activités ; être généreux dans ses actes et dans son temps ; sourire ; s'efforcer d'être positif et calme en toute circonstance ; ne pas juger autrui mais l'aimer pour ce qu'il est ; ne pas mentir ; ne rien oublier à leur sujet.

Notre seul espoir : que quelqu'un réponde à notre signal radio. Problème : endommagée par le vomi de Karoo et son nettoyage de branquignol, le signal décrivait des pirouettes étranges. Notre salut dépendait d'une radio déglinguée, capricieuse et fragile.

Pour résoudre la question des vivres, le capitaine Robert Lejeune présenta ses techniques de chasse le plus naturellement du monde. De vives protestations s'élevèrent.

C'est alors que commença la « révolte du Veggie », selon les termes consacrés. Yens LeBroux mit une lampe de poche sous son menton, éteignit les lumières et conta, sourcils nappés de fièvre suborbitale, d'éclat cosaque et de safran dans la tessiture, il conta la conversion d'Amanda, celle d'Erik, celle de Joseph et la sienne, à ce que les carnistes hérétiques nomment, vipérins, l'*herbivorisme*.

C'était lors du traditionnel concours du plus gros mangeur de saucisses binchoises, au carnaval de Binche. Amanda Oranjeschil avait gagné le titre de Gouffre d'Orange. Elle avait distancié les obèses goulus, les maigrichons méthodiques aux bouchées millimétrées, les plus étranges d'entre eux qui découpaient la saucisse dans le sens de la longueur, la réduisaient en purée ou la mangeaient tout rond comme un avaleur de sabres. Efficace et régulière, elle avait consommé plus que ses concurrents, concentrée au sein de l'effroyable monotonie de son appétit aussi tranquille que redoutable.

Pour fêter son sacre, on la convia aux abattoirs d'Anderlecht afin qu'elle assiste à l'élaboration de la fameuse saucisse de Binche. Elle put caresser la tête des porcs et du bétail, se prit même d'affection pour un cochon à l'œil guilleret dont la tête potache et franche était surmontée d'une touffe de poils blonds. Elle le surnomma Accordéon. Accordéon fut assommé au gaz, découpé vivant dans le sens de la longueur, écartelé puis découpé.

Amanda ne s'en remit jamais vraiment et devint incapable de manger de la chair animale, et même de détruire un cochon en porcelaine. Elle adopta donc un régime ovo-lacto-végétarien dit « végétarisme à l'occidentale ».

(Il inscrivit alors ce chapelet de termes sur un tableau derrière lui.)

Erik Pontoppidan, le biologiste, avait rencontré son second amour après celui des grosses cylindrées à un peu plus de vingt et un ans : le désert. Dépêché au Sahara puis en Inde via une obscure bourse d'un philanthrope du Rotary Club qui, fort heureusement pour la science, ne savait que faire de ses dividendes, Erik avait marché longtemps. Beaucoup. Sa bourse devait couvrir les frais de ses recherches, dédiées à la découverte d'un maximum de nouvelles espèces de plantes et d'animaux dans un délai de cinq ans, afin, d'après les termes de son contrat, « que son nom brille aux détours multiples de la quête asymptotique de la connaissance ». Le nom du commanditaire se retrouva sur plusieurs orchidées, sauvées de la disparition par ce philanthrope qui s'empressa d'édifier un monument vivant à sa gloire, une serre à orchidées portant son nom, à côté du ginkgo biloba du Jardin botanique de Bruxelles. C'est lors de son voyage en Inde qu'Erik Pontoppidan adopta un régime végétarien typique de ce pays, sans lait cependant. Son goût pour la cuisine indienne était devenu puissant, d'autant que, il le raconte lui-même, « garder en moi cette idée de vache comme animal sacré, c'était une photographie renouvelée, palpable de ce voyage-là, j'emportais et m'appropriais un tout petit morceau d'une culture qui m'avait marqué ». Régime ovo-végétarien, donc.

(Le critch-critch d'une craie froissa le silence.)

Joseph Buchstabek était tombé amoureux de Lola Fadelle en la voyant partager une recette de macaronis vegan à base de levure de bière, de crème de soja et de noix de cajou, horrifiée de voir ses amies manger une mitraillette sauce Bicky devant les marches de son athénée varicellées de chewing-gums noirs. Elle était grande, mince, brune. Ses cheveux touchaient presque le sol et l'éclat furieux de son militantisme premier degré lui donnait un air de Boadicée des régimes alimentaires.

Elle tenait une page Facebook, où s'entrechoquaient pêle-mêle recettes de cuisine, articles pro-L214 et autres dénonciations plus ou moins fines et argumentées. Elle organisa un antibarbecue clandestin lors de la fête de l'école, peu avant les résultats des examens de rhétorique. Par désir de l'impressionner, il fit une salade de pommes de terre à la mayonnaise végétalienne, et nombre de faucisses à base de protéines de soja texturées et de gluten de blé.

Il fut seul à venir au pique-nique d'été contestataire ; et Lola ne parla que du dégoût qu'elle éprouvait devant ce ratage social complet, puis combla le manque en réalisant moult selfies et autres photos de plats ; la faucisse devint une star des réseaux sociaux. Joseph ne put en placer une devant le débit récriminateur de sa dulcinée, occupée à se plaindre avec véhémence du manque de considération des autres pour les animaux. Son désir s'en trouva refroidi à la lance à incendie ; ensuite, par habitude, et pour se rappeler qu'un régime alimentaire n'est pas un antidote contre la connerie, Joseph devint végétalien pour de bon.

(*Végétalien* fut inscrit par Yens sur le tableau derrière lui.)

Là, il retrouva sa figure taciturne et un discours beaucoup moins théâtral. Il éteignit la lampe de poche, et sortit d'une boîte à cigarillos un vieux livre aux pages cornées et jaunies : *Le Livre tibétain de la vie et de la mort*, dans sa couverture rouge vif.

– Je revenais de la semaine en kot, à Bruxelles ; j'allais vers le sud passer l'habituel week-end chez mes parents, en train. Bruxelles-Luxembourg, Ottignies, Gembloux, Namur, Ciney, Marloie, Jemelle, Libramont, Marbehan, Arlon… Je m'emmerdais sec, alors j'ai lu le seul livre que j'avais dans mon sac, celui-là ; et en quelques heures, par un truchement d'idées que j'avais rencontrées autrement, mais jamais comme celles-là, comme si je comprenais un vieux problème, il m'est apparu impossible, moi qui aimais tant les côtes de bœuf, les tripes, la charcuterie, les pipes d'Ardenne, les mitraillettes brochettes ardennaises, il m'est apparu impossible de toucher à la chair animale de nouveau. Ma famille a dû manger le steak qui m'était réservé.

Nous attendîmes un développement. Rien. Le capitaine Lejeune applaudit et annonça :

– C'est bien beau, mais qu'est-ce que tu veux dire ? Que nous ne devons pas chasser ? Excuse-moi, mais je ne me laisserai pas crever pour que des bouffeurs d'herbe et de cailloux aient la conscience tranquille !

– Et moi je ne me laisserai pas ébranler dans mes convictions par un marin d'écluse !

– Tu vas voir ce qu'il va te faire bouffer, le marin d'écluse !

Je dus faire un choix crucial, étant judicieusement placé par le hasard entre les deux. M'écarter ou tenter de les séparer, moi et mon physique de héron blond vénitien. Inutile de dire que, bientôt, la rumeur des paris fut colossale au sein du cercle formé autour des bagarreurs ; je perdis moi-même une forte somme à cause de ce combat de coqs improvisé. Une fois les deux hommes calmés à coups d'échanges de poings, les nez entourés de coton et séparés après la victoire du Norvégien (le capitaine eut beaucoup de mal à regagner le respect de l'équipe après cette défaite), le débat reprit.

– C'est vrai que Yens et Robert marquent chacun un point ; j'ai beau réfléchir au problème, je ne trouve pas la solution. Ce qui serait équitable, c'est que l'entièreté du biscuit de mer revienne aux végétariens puisque les autres peuvent se nourrir des produits de la chasse.

– Et comment manger si nous, les autres, ne trouvons rien ?

– Non non, bien sûr, jusqu'à trouver des proies.

– Cela ne ferait que reporter le problème. Et quand vos réserves de biscuit de mer s'épuiseront ?

– Si elles ont l'occasion de s'épuiser. Ne cédons pas au désespoir.

– Il n'y a que deux possibilités : soit nous rationnons tous nos vivres de la même manière pour tous, et ce qui viendra de la chasse sera mangé par ceux qui le veulent, soit ça. Qui vote en faveur de la première solution ?

Une majorité de mains s'élevèrent.

Lejeune eut un rictus de satisfaction.

– Allons dormir, reprise de la réunion de crise demain à 6 heures.

20

Lors de la réunion de crise, Lejeune discuta des rations, constitua les groupes de chasse, divisa le groupe en deux sections : l'une continuerait d'observer la mer, scruterait l'horizon, jumelles vissées aux globes oculaires, à la recherche de 52 Hertz. L'autre section irait suivre une formation de chasse au phoque. À tour de rôle, chacun de nous resterait au poste radio, à tout hasard.

Je ne voyais pas très bien pourquoi il fallait continuer de chercher la baleine, sans moyen de communication fiable, impossible d'alerter la spécialiste et de la faire venir. Il s'agissait sans doute d'un moyen de garantir la cohésion du groupe, de passer le temps ou de se libérer de l'angoisse. Un marqueur d'autorité peut-être ? Par ennui, j'allai suivre le speech du capitaine sur la chasse au phoque.

Nous étions là, sur la glace, près du bateau : moi, Lejeune, Tshituka, Jonquille, le géologue Matteo Rafaeli, Déborah Aaronson la chimiste et Karoo, super enthousiaste à l'idée de jouer les hommes des cavernes, qui faisait tournoyer son harpon comme un bâton de majorette ; enfin, il essayait. Les autres n'étaient pas venus, par conviction pour les herbivores, par indisposition physique évidente pour Falschfassung, et Gon-Pa refusait de chasser par préciosité.

Lejeune racontait de quelle manière, grâce à un stage obligatoire du Forem après un licenciement, il avait appris la technique de l'ours blanc, utilisée par les natifs d'Ammassalik, sur la côte Est du Groenland.

Il faut deux chasseurs, au-dessus d'un trou de respiration de phoque, qu'on trouve en mettant une plume sur une minuscule élévation de la glace : si la plume tombe, par jour sans vent, le phoque est là, venu pour respirer. Le premier chasseur passe par-delà le trou, l'autre suit et s'arrête, et le phoque, croyant le danger écarté, revient respirer et là TAC ! le chasseur resté près du trou peut le tuer et le tirer hors de l'eau. La technique s'appelle comme ça puisque la mère ourse polaire la pratique avec le concours de ses petits.

Je ne suivis pas le groupe ensuite ; je revins auprès des autres, occupés à contempler la mer. À peine arrivé, j'entendis un bruit de verre brisé.

– Va chier. On va tous bientôt crever, moi j'arrête ces conneries. Qui m'aime me suive ; on va essayer de s'amuser un maximum avant de tous mourir de faim.

Amanda avait jeté sa paire de jumelles au sol. Joseph Buchstabek, le jongleur de tronçonneuses/créateur de peluches, rassembla les jumelles des autres et personne n'opposa de résistance ; nous suivîmes tous Amanda dans la salle de conférences.

On confia à Gon-Pa l'organisation des activités de l'apocalypse. Le matin, jeux de société et beuverie. L'après-midi, binge-watching et binge-drinking. Le soir, ciné-club et cocktail-party. Chaque jour, un bob du matin, un bob de l'aprèm et un bob du soir étaient désignés, pour la radio. Simple, efficace.

Alors que tout le monde trinquait face à ce plan génial, le capitaine et les autres chasseurs déboulèrent, bredouilles.

– Vous avez quitté vos postes ? Qui est à la radio ? Qui cherche le foutu Léviathan qui nous a conduits dans cette impasse ?

Amanda expliqua le planning. Lejeune resta interdit, puis se retira dans sa cabine.

21

Les jours passèrent ; le groupe de chasseurs rapporta quelques phoques, bien vite engloutis. D'abord, une vague de joie intense passa entre nous ; de la viande fraîche ! Nous étions sauvés ! Puis le silence de la radio nous revint en mémoire. À quoi bon tenir quelques jours de plus si personne ne venait nous secourir ? Et à la fin, quand il ne resterait que la viande fraîche, à nous le scorbut, les dents déchaussées, la fièvre, les rats, la famine, le cannibalisme et la courte paille pour savoir qui on mangerait en premier.

Ce serait probablement Falschfassung, mais bon.

Il était tôt ce jour-là, un jour comme tous les autres. À part le capitaine, Tshituka et Falschfassung (il carburait au lapsang souchong), nous étions tous plus ou moins constamment éméchés, ramollis par l'alcool et la centième partie de *7 Wonders*, la cinquième saison de *Breaking Bad* ou le troisième visionnage de *Leaving Las Vegas*.

Je me baladais sur le pont, une tasse de café en poudre entre mes moufles. Je vis quelqu'un de dos, prier, les mains découvertes. Je remarquai au bout d'une vingtaine de secondes que les mains implorantes de Santiago Tshituka frémissaient, prises de tremblements sous le froid terrible. Il était en pleine psalmodie. Je notai la durée et promis de vérifier si ces vingt secondes devaient sembler courtes ou longues selon la résistance au froid habituelle et, souvent, alors que tous les besoins du corps faisaient défaut, pris de vertiges, cette question me ravissait, preuve absolue qu'à tout moment l'on peut encore accorder du temps à quelque chose d'inutile, d'absolu.

L'isolement, l'immobilisme et le décompte implacable des stocks de nourriture eurent sur nous l'effet ascétique escompté. N'était Falschfassung, nerveux à l'idée d'abandonner la parole, les journées s'écoulaient, silencieuses, mécaniques, à guetter un secours de plus en plus flou.

Les rations de viande et les réserves autres commençaient à se déséquilibrer ; le phoque composait une part de plus en plus importante des repas, et les herbivores voyaient donc leur part diminuer en proportion, ce qui alimentait l'ambiance sombre et électrique régnant entre nous tous. Les herbivores s'isolaient, et bientôt ne participèrent plus qu'aux réunions matinales.

Falschfassung préparait pour moi des conversations, silences et contemplations compris. Je finis par raffiner absolument ma science du grognement ; j'en conçus des aigus, des graves, des roulés, des roulés à pause, des graves à cliquetis, à chute, à barillet, à relevé, à salto lingual, à détour masticatoire, à pet buccal.

Je réservais mes enthousiasmes éteints pour Gon-Pa, alors c'était elle qui grognait, les genoux au niveau du menton, perdue, là où l'esprit attire à lui tout le désespoir électrique du dehors, paratonnerre abattu.

Ce sentiment de n'avoir rien à attendre du jour prochain nous pesait à tous, de devoir laisser son irrépressible désir d'espérer assis à côté de nous. L'espoir ne supporte pas l'oisiveté. Hyperactif compulsif, il se doit de trouver un objet, un horizon à son essence, sinon il devient une larve, un poids, pareil à votre meilleur ami au chômage endormi depuis six mois sur le clic-clac du salon, l'humeur carnée d'une transpiration vengeresse, triplée sous les auréoles de son survêt, ce Nil en crue quotidien, tantôt asséché, tantôt abondant, cette gloire de pitié aux odeurs capiteuses de lion déchu et livré à la nature sauvage qui l'a créé, vu conquérir puis se griser et disparaître.

L'inquiétude n'est pas rationnelle, comme bon nombre semblent le penser. Ce qui est rationnel, c'est de savoir qu'à chaque instant l'on peut mourir, que l'univers est muet et indifférent, et immense, que l'amour est une illusion et que personne ne peut ne serait-ce que nous comprendre, personne et surtout pas nous-mêmes. Ensuite, rigoler un bon coup parce que tout ça n'a ni sens ni intérêt à l'échelle cosmique.

Problème, l'échelle cosmique, personne n'y vit, à moins d'y être contraint. Et entre l'angoisse de mourir au milieu des glaces, l'alcool, Falschfassung et son claque-merde ouvert H24, l'ambiance de plus en plus pourrie et la radio toujours muette, j'avais de plus en plus de mal à réfléchir.

22

Falschfassung déboula dans ma cabine en pleine nuit, un soir où une tempête de neige faisait rage, l'air d'avoir découvert un complot antibonapartiste.

– C'est… (*Respiration de bovin asphyxié.*)

– C'est quoi ?

– Les végés vont voler le stock restant de biscuit de mer ! Bravant la tempête, j'allais sur le pont assouvir un besoin pressant lorsque j'ai surpris leur conversation ! Tel un aigle agile j'ai…

Je n'ai plus grand souvenir de ce récit d'espionnage, juste d'avoir aperçu 3:36 au cadran de mon réveil. Rendez-vous compte. En plus il faut être complètement con pour sortir un soir de tempête. Même si, faute d'eau courante à cause du gel, nous devions faire la grosse commission dehors, sur le pont.

– Bon, et alors ? Je ne m'en mêle pas. Bonne nuit.

– QUOI ? ET LES LAISSER PRENDRE MA RATION ! JAMAIS ! IL FAUDRA ME PASSER SUR LE CORPS !

J'aurais dû me rappeler que, pour ce goulaf, la nourriture revêtait toujours quelque urgence.

– Et quoi ? Vous voulez mettre une passoire sur la tête, agripper un balai et vous battre contre eux ? Soyons sérieux… Et demain, quand tout le monde découvrira le vol, on ne sera plus que deux pour riposter. D'ailleurs pourquoi vous n'avez pas prévenu les autres ?

Silence. Il m'avait prévenu en premier ?

J'allais le virer poliment de mes quartiers lorsque le profond ennui des derniers temps vint me frapper, face au rouge laser de mon réveil. Demain, je n'aurais nulle joie sur laquelle poser mon espoir. Et ce soir, on m'offrait un combat dantesque perdu d'avance ; nous serions Montserrat face à ses bourreaux tordus, au capitaine Izquierdo le cruel !

– Laissez-moi enfiler mon manteau.

Nous traversâmes les couloirs grinçants jusqu'au local d'entretien où nous nous munîmes d'un balai chacun, un seau en guise de casque et un spray nettoyant multisurface pour arme légère. C'était son idée, et j'étais trop fatigué pour me rendre compte du ridicule de la chose. On aurait peut-être pu prendre les harpons de chasse…

Lorsque nous arrivâmes sur les lieux, le vol était déjà bien entamé. Les herbivores avaient pensé profiter du blizzard et de la nuit pour tout chaparder en douce.

– ARRIÈRE, VILS LARRONS EXTRÉMISTES ! LAISSEZ VOTRE LARCIN EN PAIX ! JE VOUS SOMME DE VOUS RENDRE !

– Falschfassung, vous êtes cinglé. Non mais regardez-les, ils ont des seaux sur la tête !

Ils se bidonnèrent sec, si sec que les autres vinrent, tirés de leur sommeil. Yens riait, plié en deux, près de la rambarde. Il avait lâché sa caisse de biscuit de mer.

Là-dessus, Falschfassung hurla, porcin plein d'ire, balai en avant sur Yens, qui fit un pas de côté. Falschfassung, pris par sa course, glissa sur la neige et tomba par-dessus bord.

Un bruit sourd, rapide, puis un profond silence se fit. La stupéfaction dura moins d'une seconde ; l'horreur se lit sur tous les visages, blanche, sans pitié ; elle tricota d'atroces nœuds dans nos boyaux. Finalement Yens se tourna vers la glace obscure, et lança d'une voix forte, mais cahotante, contre les vents déchaînés :

– FALSCHFASSUNG ? FALSCHFASSUNG ? ÇA VA ? RIEN DE CASSÉ ?

Aucune réponse, rien. J'eus une remontée acide carabinée. Personne ne bougeait. Je me sentais un peu coupable.

– J'y vais !

– Non, Théo, c'est ma faute, c'est à moi d'y aller. Je vais chercher une lampe de poche.

Yens descendit jusqu'à la glace. En murmurant, nous nous expliquions la situation les uns aux autres. Lejeune ne songea même pas à s'énerver. Yens risquait sa vie après tout, on ne voyait pas à cinq mètres.

Il revint plus pâle que la lune derrière lui.

– Il… il n'est pas là. Je ne l'ai pas trouvé.

– Mon Dieu, il est passé sous la glace ?

– Non, non, il y aurait un trou, ou nous aurions entendu du bruit. Enfin, pas sûr avec la visibilité et le vacarme du vent, mais je suis presque certain qu'il n'y a rien. J'ai retrouvé le seau.

Le *poc poc* du seau jeté à terre prit des allures de comptines chantées par des poupées possédées. Je me penchai, la moitié du torse au-delà de la rambarde, hurlant :

– FALSCHFASSUNG ! FALSCHFASSUNG ! SI C'EST UNE BLAGUE, ELLE N'A RIEN DE DRÔLE ! REVENEZ ! ON VOUS LAISSERA PLEIN DE BISCUIT DE MER ! JE VOUS DONNERAI MA PART !

Aucune réponse.

Lejeune eut les mots utiles :

– Yens et Amanda, restez jusqu'au matin avec la lampe de poche. Appelez-le toutes les demi-heures et que l'un de vous descende faire une ronde à quelques mètres, sous la surveillance de l'autre, au cas où il se traînerait sans pouvoir répondre. Ne prenez aucun risque inconsidéré et au moindre problème réveillez-moi. Si besoin, nous partirons à sa recherche demain matin, mais par ce froid… Nous parlerons du vol demain également, c'est assez d'agitation pour cette nuit. Libski, je vous attends dans mon bureau à l'aube. Allons dormir.

Il m'avait appelé par mon nom de famille.

23

Je n'étais pas parvenu à dormir. Mine de rien, je m'étais pris d'affection pour cet abruti de Teuton adipeux, toujours content d'écouter mes misères et/ou grognements, et je dois bien le reconnaître, ses délires me distrayaient.

J'arrivai au bureau du capitaine Lejeune, inquiet.

– Et Falschfassung, du nouveau ?

– Rien… L'équipe de secours se prépare.

– Je vais les rejoindre.

– Non, Libski. Restez ici !

– Vous n'êtes ni mon supérieur ni…

– … votre père, je sais. Ça n'enlève rien à la qualité de ce que je tiens à vous dire.

Un point pour lui.

– Libski, vous êtes un drôle d'animal. Vous faites tout un cirque pour un phoque, mais vous laissez se produire une escarmouche entre moi et LeBroux, sans intervenir. Ensuite, vous encouragez Falschfassung. Je sais ce que vous êtes : un gosse. Vous vous laissez porter par le plus offrant en termes de divertissement. On pourrait vous imaginer contemplatif, peut-être philosophe, je n'en crois rien. Vous êtes une sorte de… de… d'ennuyé chronique, drogué aux complications. Les tourments de votre âme ne sont que des jouets tape-à-l'œil pour quelqu'un qui attend dans la salle d'attente de l'existence qu'on lui attribue une place. Votre père avait raison, ce travail vous arrange bien, n'engage à rien. Surtout pas votre responsabilité.

– Je ne vous ai tout de même pas forcé à vous battre !

– Vous ne comprenez rien. Il va falloir vous reprendre, choisir une direction et vous y tenir, mon garçon ! Regardez ce qui est arrivé à Falschfassung. Vous croyez que votre petit manège passe inaperçu ? Cet imbécile s'est pris d'affection pour vous et, au lieu de le raisonner, vous catalysez toutes ses lubies. Vous êtes responsable, bon sang !

Ce qu'il ne comprenait pas, c'est que je n'attendais pas du tout ma place ; au contraire, je fouillais les magazines de la salle d'attente, à la recherche d'un test de personnalité qui me dirait quoi faire… et Falschfassung m'y aidait.

Sérieux ? Ce type venait de me sermonner, comme ça, ce capitaine de carnaval ? Je partis en claquant la porte.

Je regagnai ma cabine et la chamboulai de coups violents, un peu au hasard, un peu partout. On frappa ; Gon-Pa était dans l'embrasure de la porte, pareille à la nuit d'ivresse où elle m'était apparue. Elle souriait. Elle me prit les mains, ses mains minuscules et soignées, rondes, douces. Je souris aussi. Je restai mes yeux plantés dans les siens, un désir me montait à l'entrejambe, je nous voyais déjà mariés, quatre enfants, acheter un pavillon à Knokke, finir nos vieux jours à observer les cerfs-volants projetés par nos petits-enfants, conquérants de l'azur d'été…

– Merci !

– De rien, j'ai fait mon travail.

J'oubliais toujours qu'elle était une amie *professionnelle*… Nous nous rendîmes à la réunion dans la salle de conférences ; le capitaine, les deux bras tendus sur la table à la manière d'un gorille, debout et le tronc en avant, hurlait :

– SI J'ÉTAIS DANS UN BÂTIMENT MILITAIRE, VOUS AURIEZ ÉTÉ MIS AUX ARRÊTS !

– Sauf que ce bateau est un conglomérat culturel à deux balles, pas vrai ? Arrête ton numéro de colonel, Robert.

– Amanda, tu…

– Quoi ? Nous trouvions la décision collective parfaitement injuste. Et si ton expertise de chasse est si exceptionnelle, monsieur le chasseur de phoques aussi doué que les ours polaires, tu n'as pas à t'inquiéter.

– J'en ai ma claque de ces disputes. C'est vrai, je trouvais légitime de garder pour nous le biscuit de mer. Maintenant, avec ce qui est arrivé à Falschfassung, je me dis que la cohésion est plus que nécessaire.

Yens, en vrai, se sentait tout aussi coupable que moi. Resté éveillé jusqu'au matin, il n'avait trouvé aucune trace du philologue allemand.

Joseph explosa. Le tricoteur de peluches au crochet, oui. Le jongleur de tronçonneuses. J'étais content qu'il n'en ait pas sous la main.

– Je m'en fous de Falschfassung, de la cohésion, des histoires de MISTER LEJEUNE ! Va te faire foutre ! C'est vrai quoi, pas capable de respecter les convictions de chacun, incapable de gérer une crise sans perdre son sang-froid, de quel officier a-t-on hérité ? Et tes membres d'équipage qui te suivent sans sourciller ! Je suis bien désolé, je ne mangerai pas un bout de viande, RIEN.

– JE TE LES FERAI BOUFFER PAR LA FORCE S'IL LE FAUT !

– PARFAIT ! J'IRAI ME FAIRE VOMIR SUR TA TRONCHE !

Tshituka dut retenir son supérieur de toutes ses forces. Yens retint Joseph et prit la parole :

– Joseph, Joseph, c'est noté. Toujours motivés, ceux qui viennent pour tenter de retrouver Falschfassung ?

Le rappel de la disparition du philologue allemand coupa net les tensions. Tshituka, Jonquille et Karoo se portèrent volontaires.

24

Nous en étions à notre troisième visionnage de *Viva Las Vegas* quand ils revinrent au bout de douze heures. Pas de Falschfassung. Tshituka, Jonquille et Karoo avaient aperçu quelques phoques, mais aucune trace de lui, pas même un pas dans la neige. Personne n'osa proposer un enterrement factice, et nous regardâmes Elvis chanter, épuisés. Sauf Joseph.

Le lendemain, plusieurs d'entre nous étaient contre la rambarde, à regarder la glace. Le temps était redevenu plus clément. Joseph était assis sur un tabouret en plastique, un seau à côté de lui, les bras croisés. Pareil au soldat de Dino Buzzati, sentinelle devant les Tartares, il avait l'air d'attendre un ennemi qui ne se pointerait jamais ; le bleu du seau en plastique, celui que Falschfassung portait sur la tête avant de disparaître dans la nuit, à ses pieds comme une preuve de la décadence de l'expédition, attirait l'œil au milieu de l'étendue gelée d'un blanc pur, miroir d'une lumière vive et nihiliste.

Le tricoteur de peluches, recouvert d'un mille-feuille de plaids, de deux ou trois parkas et d'un turban multicouche, laissait échapper la fente de ses yeux durs, vissés sur l'horizon ; il restait indifférent aux appels de l'équipe, et aux ordres du capitaine qui lui intimait de revenir à bord. Résigné, Lejeune avait demandé à Tshituka de faire du feu et de lui apporter à manger pour au moins assurer ses besoins primaires ; mais Joseph éteignit le feu et jeta la nourriture à la tête de ses bienfaiteurs. Visiblement, il souhaitait se laisser mourir de faim, de froid, protestait contre quelque chose. Mais quoi ? L'autorité en place ? Le planning ?

– Il pêche ?

Personne ne répondit.

On me retint quand je voulus descendre près de Joseph.

– Fais quelque chose.

– Quoi ?

– C'est toi le philosophe. Trouve une formule.

Je n'arrivais même pas à en construire une, et on me demandait d'ébranler une conviction, afin de, peut-être, sauver une vie. J'y mettrais tout mon art, c'est sûr, mais tout un art n'y suffit pas contre un homme investi ; de quoi, je n'en savais rien, ça n'avait pas grande importance.

Joseph refusait de remonter ; il faisait une grève de la faim. Ce matin, il avait hurlé, occupé à enfiler un poncho de laine de lama : « On verra qui de la faim ou du froid aura raison de moi en premier ! » Le petit Joseph, ce mou du bulbe, devenu un Pussy Riot du végétarisme ? Je n'avais pas fait trop attention à son caractère, Joseph était de ces gens glace à la vanille. Voyez, dans la vie, nous sommes tous sur un spectre oscillant entre glace à la vanille et la glace rhum-raisins ; personne ne se battrait pour une glace à la vanille, personne n'est fondamentalement contre non plus. En revanche, certains tueraient pour une boule rhum-raisins quand d'autre se flingueraient si d'aventure ils devaient en avaler une cuillerée. Joseph était de la glace à la vanille Lidl où les grains noirs sont des cosses de poivre moulues, décoratives et sans saveur ; où le sirop de glucose est roi ; où l'arôme n'offre que le pitoyable succédané de saveur à ceux que l'espoir a désertés.

Le dernier que j'aurais conçu en martyr. Comme quoi, « Stille wasser ruht nicht[1] », comme le dirait, ou pas, Falschfassung.

Bardé de ma mission philosophique de sauveteur mental, je descendis près du combattant suicidaire, tout de même content d'être rendu à ma dignité de sage, utile en sus. À la limite, j'aurais pu sautiller sur la glace, tel un Schtroumpf inuit.

Joseph me fixa comme le démon à mesure que je m'approchais de lui. Je me sentais pousser des clichés en bouche comme « Il est coriace mais je tiens le coup », « Il faudra être patient, les amis » ou encore « L'espoir est mince mais je fais tout ce qui est en mon pouvoir ». Des trucs classe à dire au reste de l'équipe pendant mon sauvetage.

– Ils peuvent nous entendre, là ? me demande Joseph.

– Je ne crois pas, non.

– Je sais ce que tu viens faire. Laisse tomber.

– Ah, mais tu ne sais pas de quoi je suis capable !

– Non non, tu n'y es pas. Je vais mourir exprès.

– J'ai compris le principe d'une grève de la faim, *thank you Captain Obvious.*

– Non non, merde, je veux dire, je m'en fous du végétalisme. Je vais mourir pour être spécial, unique, enfin avoir mon petit moment à moi, ne plus être « Ah tiens, voilà Joseph »...

J'étais ébaubi. Faire quelque chose contre une conviction, j'en étais capable, à la limite, on avait vu des retournements

1. Littéralement plus ou moins : l'eau calme ne se repose pas ; en français : il faut se méfier de l'eau qui dort.

de veste saisissants de suspense, mais contre la lucide vanité d'un homme, qui connaît sa médiocrité ? Là, à part une fléchette au curare tranquillisante, rien à faire ; entre un homme et lui-même, s'interposer finit toujours en pudding de la psyché.

– Tu comprends, j'ai bien vu vos regards, à tous, et je vous ai surpris à parler de moi avec Falschfassung ; j'ai tout essayé tu sais : la cuisine, les cocktails sympas, aider à ranger après chaque fête, chaque dîner, faire le bob, raccompagner les femmes chez elles le soir sans arrière-pensée, cultiver mon corps à la salle, faire du bénévolat… et sans m'en rendre compte, je devenais plus chiant, insipide et ridicule à chaque minute ; je m'enfermais dans cette fadeur de moi-même. Si j'avais tenté d'en sortir, ç'aurait été une contre-réaction, un caprice, pas mon vrai moi, d'après les autres.

– Tu as bien réfléchi au problème.

– Oui ! Il n'y a pas d'autre issue.

– Mais enfin ! Soit tu as adopté tout cela pour plaire aux autres, sans suivre ta personnalité, soit c'est de ta vie qu'il s'agit, et si cela te plaît, ne t'embarrasse de rien, vis !

– C'est là le problème. J'ai aimé faire tout cela, mais je suis resté fade. Comment fait-on lorsque notre goût dans la vie correspond exactement à ce que le reste du monde trouve insipide ? J'aurais aimé être en marge, me piquer de philatélie ou de maquettes de bateaux. Non, j'aime tout ce qui rend lisse et le discours que je peux tenir là-dessus est encore plus lisse ; je suis la cire d'abeille du monde des idées.

– N'est-ce pas plutôt un problème de présentation ? Ma foi, être végétalien, bénévole et sportif n'a rien de lisse en soi…

– Eh bien c'est terminé. Aujourd'hui, je ne refuserai pas

l'extrême, moi que la modération a rendu fou, et tu ne m'en empêcheras pas.

– C'est quand même complètement délirant. Tout ce que tu ne parviens pas à faire, c'est être enthousiasmant. Ça peut s'apprendre !

Là je mentais.

– Bien sûr que non ! Est-ce que le charisme s'apprend ?

Être d'accord avec lui revenait à le condamner à mort. « Réfléchis, réfléchis… »

– OK. Mais se tuer par manque de charisme, n'est-ce pas donner raison à la société ? Être le moins en marge, finalement le moins extrême d'entre tous, le plus conforme ? La vraie marginalité n'est-elle pas dans le combat pour l'ennui, le droit au banal, la lutte sempiternelle de l'ennui face au diktat de la passion et de l'intérêt ? La vraie révolte est la révolution du chiant.

– Vu sous cet angle…

Il réfléchit deux minutes, et je regardai, presque triomphant, la rambarde du bateau.

– JE SERAI LE PREMIER MARTYR DES ENNUYEUX ! LE *BORING* SAINT ! L'ENNEMI DU COOL !

En voulant le sauver j'avais créé un monstre. Ma seule issue désormais était de le convaincre qu'il serait plus ennuyeux vivant que mort. Sa grande cause, l'ennui, s'en retrouverait ennoblie.

– Non. Les martyrs n'ont jamais servi à grand-chose ; regarde le christianisme : l'institution s'est développée grâce à Paul et à Pierre, à leur dévotion à la cause, leur travail de chargés de communication obtus. Cette révélation, aujourd'hui, doit servir de point de départ à ta vie d'icône.

– J'ai passé plus de trente ans à cultiver mon art dans l'ignorance. Toutes ces parties de Scrabble à la maison de retraite, ces hashtags sur Instagram en franglais, ces playlists pop sans risques, ces décisions de vie dictées par la sécurité et la peur… On racontera ma vie, j'ai confiance. Et il y en a beaucoup comme moi. Merci, Théodore-James. J'ai compris grâce à toi le sens caché de mon calvaire : inspirer par mon acte les bons garçons, les gentilles fifilles de la Terre ! Sois mon hagiographe.

By Jove, plutôt mourir.

– Tu sais, je n'écris pas très bien et…

– Ce n'est pas grave. C'est même mieux ! Que résonne le clairon de la moyenne y compris dans ta syntaxe !

Là, je me sentis insulté sans pouvoir réagir.

– Je… je verrai ce que je peux faire. Je remonte.

– Va, mon frère, j'ai en toi toute confiance.

J'avais transformé un impulsif déçu de lui-même en illuminé content de lui. En un sens, il était heureux, maintenant. Je racontai tout aux autres, et après m'être ramassé une volée de bois vert pour incompétence, je répliquai :

– Le problème est le suivant : si on le force à bouffer, si on l'attache, on ne le respecte pas ; si on change l'histoire en en faisant un martyr du végétalisme, on ne respecte pas ses idées ; si on le laisse mourir en résumant son point de vue, on le ridiculise…

– On ne peut pas avoir deux… un mort sur les bras. Nous le capturerons à la nuit tombée.

Un silence lugubre accueillit la phrase du capitaine Lejeune.

Tshituka :

– Je ne veux pas vous contredire, capitaine, mais je n'irai pas contre un homme et ses convictions.

Amanda :

– Ça fera une bouche de moins. Quoi ? Allez, je suis la seule pragmatique ?

– Bon, pas de capture. Maintenant que j'y pense, avoir un martyr du végétalisme nous ferait une bonne publicité, j'imagine.

Je n'avais pas envisagé le capitaine Lejeune comme craignant pour sa place ou attiré par la gloire.

– Libski, rassurez-le dans son délire. Grattez, écrivez, enregistrez-le, peu importe. Pendant ce temps-là, nous continuerons de gérer notre survie et de tenter de retrouver Falschfassung. Une fois mort, on le transformera en martyr écolo. Quelqu'un est contre ce modus operandi ?

Personne ne pipa mot. Au fond, Joseph, tout le monde s'en tapait.

Au matin, on retrouva le corps de Joseph gelé, mort.

J'étais parti faire la sieste après la réunion de la veille, je m'étais promis d'aller lui rendre visite avant de me coucher et, réveillé au milieu de la nuit, je n'avais pas eu la force de me lever. Plutôt j'avais honte de mon échec à le raisonner et j'avais peur d'aggraver les choses si je retournais le voir…

Pris d'un dégoût âpre et d'un soulagement crasse, je ne dis rien quand le cercueil plongea, personne ne dit rien. Le capitaine nota ses coordonnées.

– Si on l'avait gardé dans le congélateur, il aurait fallu dépenser du carburant pour ça.

C'était tout.

25

Une voix claire et douce me réveilla. Zombifié, papillon de nuit face à l'ampoule bleutée de sa déliquescence, je me dirigeai vers la voix.

– Hey mates ! Looks like you're in a bloody hell of a situation here. I bought coffee.

Du café. LA VOIX PROPOSAIT DU CAFÉ. Je vérifiai son identité, par sauvegarde personnelle.

– Are you Jesus ? Am I dead ?

– No ! I'm Mark Hollis !

Le chanteur du groupe Talk Talk ! Ce génie de la pop music des années 80, le single *Such a Shame* inspiré du livre *L'Homme-dé* de Luke Rhinehart, où un psy désabusé décide de remettre chacune de ses décisions entre les mains d'un dé à six faces ! L'album éponyme *Mark Hollis* sorti en 1998, élixir de jazz minimaliste et d'une sublime mélancolie, puis bardaf, disparition du monde musical. Évaporé. Parti. Décampé. Mais point oublié !

In my personal opinion, far better than Jesus.

Jesus.

Était-ce une apparition ? Mon esprit s'était-il égaré ? Mon enthousiasme se mua en terreur. Je me pinçai sur tout le corps, et me mis plusieurs claques ; je poussai le vice jusqu'à me taper la tête contre les murs. Une fois bien sûr de ma capacité à ressentir la douleur, je me souvins des pouvoirs hallucinogènes de la fatigue, du désespoir et du déséquilibre nutritionnel. Comment vérifier avec certitude que l'on n'est pas fou ? Je cherchais une solution quand le prétendu Mark Hollis appela à nouveau.

Je courus réveiller les autres. Dans le pire des cas, si nous le voyions tous, nous serions touchés par la même folie et je me sentirais moins seul. Je tambourinai à toutes les portes des cabines.

– Mark Hollis a apporté du café !

Vu comme ça, on aurait dit les divagations d'un prophète entamé du cerveau. Ils me suivirent sur le pont, inquiets de me voir si excité.

Je ne m'étais pas trompé ; tous voyaient un homme fluet siroter du café, debout à côté d'une motoneige et d'un type obèse aux cheveux roux, très longs, lui aussi occupé à siroter du café dans le haut d'une thermos.

Il nous fallut quelques instants avant de tous bien nous rassurer. S'il s'agissait d'une hallucination collective, elle était synesthésique et, ma foi, rudement convaincante. N'y tenant plus, je rejoignis le premier les deux buveurs de café. Je m'arrêtai net à quelques pas, puis approchai doucement et tâtai leurs visages. Ils sourirent, un peu gênés, mais devaient sans doute me comprendre : mon allure fantomatique, cernée, osseuse et mes yeux hallucinés en disaient long. Une fois mon examen terminé, je sommai les autres de rappliquer. J'avais la voix enrouée d'émotion.

J'embrassai mon ami allemand. Je pleurai.

– Je te croyais mort, Falschfassung !

Bien vivant, le gras Teuton expliqua selon quelles circonstances il avait survécu à sa chute.

Le temps que Yens descende avec une lampe de poche, Mark Hollis avait découvert et emmené Falschfassung sur sa motoneige ; retiré en Alaska depuis l'arrêt de sa carrière, il avait l'habitude de chasser l'ours blanc sur la banquise, juste pour le fun, sans tuer l'animal. Un de ses chiens l'avait dévié de son chemin de ronde et conduit au corps inconscient de Falschfassung. Incapable de repérer le bateau dans la tempête de neige, il n'avait pu nous prévenir. En outre, Falschfassung risquait une hypothermie. Enfiévré, mal en point, il resta inconscient plusieurs jours, et expliqua tout à Mark une fois remis sur pied.

Falschfassung s'excusa ensuite pour son comportement délirant de jadis et, dans l'allégresse du secours, il y eut un échange de pardons ; lorsque le philosophe germanique s'enquit de Joseph Buchstabek, son compatriote, je fus le premier à tirer le groupe de sa torpeur et à tout expliquer. Falschfassung éclata de rire.

J'avais en face de moi Mark Hollis, un des plus grands artistes de tous les temps.

– So you were hidden in Alaska all this time.

– Yeah, after my solo album in the late 90's, I felt I had done it, you see ? I had nothing more to do. My work was done. I was quite satisfied, and after a life of work, dedication, risks and creation, once this part is over, you have to take on another rhythm, find another way of living.

– So you flew to Alaska.

– At first for a couple of days, to think, walk in the frozen land. But I never managed to find a substantial reason to come back except for family, of course. I spend a few days each year outside Alaska to see them. Except these occasions, I remain here.

– You don't sing anymore ?

– Everyday, for myself, my dogs, whatever leaving creature who crosses my path and is therefore in the painful duty to listen to me ! Yeah I'm glad things turned out that way. I hunt without killing the prey, I sing for squirrels and dogs, and I never slept so well in my life.

Ensuite d'autres le dérangèrent et, une fois ceux-ci sauvés et après avoir signé de bon cœur quelques autographes, Mark Hollis s'en retourna à sa retraite tranquille.

Bien sûr, de retour au pays, Bruxelles ne parlait que de notre aventure, du *premier martyr vegan* (les ricains étaient très jaloux) et du sauvetage miraculeux grâce à *un artiste bien connu mais qui souhaite rester anonyme.*

Beaucoup lurent entre les lignes et partirent chercher Elvis ou MJ en Alaska.

Belgique

26

Je retournai à Bruxelles quelques semaines, le temps que l'expédition essuie le battage médiatique. En dehors des apparitions dans les médias, nous ne nous voyions plus. Après avoir vécu tant l'un sur l'autre, en huis clos, chacun de nous avait besoin d'air.

Notre mésaventure dura médiatiquement trois semaines, vingt-deux unes, trois passages sur France 2, un sur Arte, un talk-show avec des youtubeurs à propos de Bear Grylls et enfin une lettre ouverte dans un hebdomadaire satirique disparu depuis.

<u>Quelques extraits des interviews parentales</u>

Mère, les yeux bouffis, la face rouge, la voix étranglée, le corps secoué de sanglots et de tremblements :

« Je ne remercierai jamais assez la personnalité qui a sauvé mon fils chéri ; si vous m'écoutez, sachez que vous serez toujours le bienvenu chez nous. Vous êtes un héros. Un héros. Un héros, oui, un héros… » (Reniflements.) (Pleurs.) (Autre bullshit sans jamais me mentionner, à propos de la bravoure des secours, des chiens de traîneau héroïques et mignons, du gouverneur de l'Alaska qui nous recueillit à ses frais, etc.)

Père, drapé d'un soulagement contenu :

« Je tiens à souligner le courage exemplaire de mon fils qui, face à l'adversité, a su rester en vie et tenter l'impossible pour raisonner ses camarades fragilisés par la situation [il parlait de Joseph. NDLR]. En grand penseur de son temps, il a su mettre au service de la communauté les lumières de la raison et du savoir ; si les nourritures terrestres maintiennent le corps en état de marche, les nourritures intellectuelles et spirituelles sont les garantes, en toutes circonstances, y compris les plus proches de l'abîme, de la dignité humaine et de la cohésion du groupe. D'ailleurs, Theodore Roosevelt a dit, dans *Idéal d'Amérique. La vie intense*, bla bla bla. »

Jusqu'à une élection quelque part. Ou une catastrophe ailleurs ; bref, le monde de la télé avait tourné la page.

J'avais dormi assis, le dos contre le radiateur à fond, les quelques premiers jours. Je pensais à Joseph, à ce que m'avait dit le capitaine, à mes mots qui m'échappent et finissent toujours par pourrir le gars d'en face.

Je me rasai, taillai mes cheveux très court, m'offris un téléphone satellite personnel. Je l'appris plus tard, on en avait tous acheté un, par superstition.

De retour à la maison, je refusai de parler. Mon père insinua que ce serait tout de même un peu lâche de garder tout pour moi, et ma mère m'en voulut de ne rien raconter.

Jean-Paul Yvetot pliait mes slips lorsqu'il m'aperçut.

– Hé ! Alors, le miraculé, pas trop dur le retour ?

– Boarf.

– Allez, pour un peu il manquait juste le scorbut !

Je souris à grand-peine.

Zhi Bu m'avait envoyé une carte postale en chinois représentant une nature morte moderne : une souris d'ordinateur trônait, enroulée sur elle-même, à côté de deux sandwiches en triangle. L'auteur de la photo était Eddy Manhattan, bien sûr.

De retour à l'Augustin, il me laissa la banquette, pour une fois. Je lui tendis la carte postale.

– Ah, je m'en souviens ! Tu l'as fait traduire ?

Je m'effondrai. Je lui racontai l'épisode de notre martyr vegan. Je me sentais coupable de lui avoir tourné l'esprit par maladresse, et dans le même temps, lorsqu'on avait décidé de le laisser assumer ses convictions, aucun membre de l'équipage ne l'avait sauvé. Cependant, c'est ce qu'il voulait, non ? Je l'avais rendu heureux en lui donnant, malgré moi, les mots pour mourir ? Et puis, entre nous, « malgré moi », c'était un peu fort, j'en avais un chouïa rien à cirer du pauvre Joseph, le tricoteur de peluches au crochet. L'équipage ENTIER pensait pareil. Où se trouvait le monstre ? Moi ? Lui ? L'équipage ? Les mots ? Mon incompétence de philosophe en pyjama-pantoufles, incapable d'affronter avec efficacité le terrain, la vraie vie ?

Eddy soupira.

– Je m'en doutais ; c'est pour cela que je n'ai pas voulu que tu fasses de la philosophie. Si tu avais fait de la politique, la langue serait devenue une arme, multiple, masquée ; pour les philosophes, la langue est soit un jeu, un puzzle, soit une responsabilité. Toi évidemment… Cela dit, je n'y connais pas grand-chose.

Il but une gorgée d'Orval.

– Après, ce type était cinglé. Tu aurais pu lui dire n'importe quoi…

– D'accord, d'accord, mais je ne peux pas me servir de sa détresse mentale pour me dédouaner.

– Bah si !

– Alors il y a les fous, et ce n'est pas ma faute ?

– Non. Ce n'est pas ta faute.

– Chez eux le langage est un puits, on y met ce qu'on veut et ça chute, dans un tunnel bas, puis ça se brise.

– Mh. Il faut que tu trouves ce que tu as à faire, avec ce langage, tu dois chercher.

– Oui…

Comme il n'y avait plus rien à dire, Carlos arriva avec le deuxième café et dit que le Verbe était l'affaire de Dieu et qu'à trop y penser, mes copains, ça vous fera du mal. Ah, ces phrases qui vous font un sèche-cheveux tiède au cœur ! Mais Dieu n'existe pas avec certitude ; un peu, confier là ses problèmes, c'est s'asseoir sur un tabouret bipède…

Ce que je ne supportais pas, ou très mal, c'est que ce voyage que j'avais reçu comme une longue blague, père me l'avait présenté comme ça, me forçait à tirer de la philosophie académique ce que j'avais refusé d'y trouver : une façon de vivre. Et j'en voulais à cet académisme sourd à ce qui fait le sel et le danger de la pensée. D'un côté tu me l'avais dit, Eddie, tu m'avais mis en garde, je t'avais répondu que je m'en foutais, de ce sens-là, qu'on verrait après, que j'étais trop intelligent pour me laisser avoir par un idéal. J'avais dix-huit ans.

Mais là, doucement, pointue, retirée, la question du quoi, du comment, du pourquoi prenait des largesses avec mon épiderme et je me grattais le crâne sans trouver d'autre réconfort que les banalités d'usage, usées, racornies. Je regardais mon ours en peluche en tant qu'ours en peluche et, de cette façon, j'éprouvais une immense tristesse à l'évidence qu'il ne me parlerait plus jamais.

Pirouette passagère :

– Et ton travail ? Ton grand œuvre ?

– Ah, enfin tu poses la bonne question !

Il se mit en position artiste possédé. Ça ressemble à un présentateur télé brillant et extatique.

– D'abord j'ai dû rechercher un angle : il ne s'agissait pas de photographier un mort au hasard, des cadavres, puis boum, plonger dans ce bordel et en ressortir mon expo. J'ai alors eu l'idée des axes. Une immense sphère totale, projetée en l'air par hologramme, où chacun pourrait partir d'un lieu, d'un nom, d'une classe sociale, d'une année, de n'importe quelle caractéristique… et tirer le fil des morts à partir de là, se répondant par gradations, contradictions, associations, dévaluations…

– Où est le photomaton là-dedans ?

– Justement ! Chaque ligne serait décomposable en groupes de quatre éléments, et toutes les photos seraient issues d'un groupe de quatre photos d'un photomaton. Comme si la structure originelle de la machine servait à la fois de point d'origine, de principe de lien, et de symbole de cohésion de l'œuvre entière.

– C'est obscur.

– Bon, prenons un exemple sur lequel je travaille : une vieille dame décédée à Los Angeles et née à La Havane. On a déjà deux points géographiques : si on clique sur La Havane, on tombe sur la première des quatre photos de cette dame dans le déroulé pris dans le photomaton.

Si on clique sur L.A., elle apparaît aussi, mais il s'agit de sa quatrième photo dans sa suite du photomaton. Si maintenant lorsque apparaît l'âge de la dame, à L.A., le visiteur clique sur son sexe, boum, il tombe sur une suite aléatoire de quatre photos de femmes, dont une de celles de cette vieille dame. Pareil s'il clique sur son âge, son milieu, sa couleur de peau, son prénom, etc. J'ai fait une fiche type.

Il me montra alors, dépliée soigneusement sur la table de café, une longue liste de caractéristiques ; tant et tant que je ne parvins pas à les compter, ça allait de l'âge à la forme du nez, au hobby favori, à la possession d'un animal de compagnie, à la question du sens de la vie, la position sur l'avortement, la couleur préférée, le QI, la réponse à des questions comme « Qu'est-ce que l'amour ? »… J'eus le tournis.

– Puisqu'ils sont morts, comment tu sais tout ça sur eux ?

– J'interroge les proches. Ou j'invente.

– Si je comprends bien, la seule contrainte c'est de baser ces liens sur une liste de caractéristiques énorme, les lieux de naissance et de mort, et les quatre photos de leurs cadavres prises dans un photomaton ?

– C'est ça !

– OK. Et ça signifie quoi ?

– Le plus grand, intense, incroyable et démentiel MEMENTO MORI de TOUS LES TEMPS ! Les peintres de nature morte peuvent aller se rhabiller !

– C'est morbide.

– Je dirais plutôt que c'est une ode à l'hédonisme.

– Je ne dois pas avoir une tête optimiste…

Et la conversation s'éteignit sur des sujets plus légers. La plupart du temps, j'avais la tête basse, le nez dans mon café, et le bras tordu par le coude, à soutenir mon crâne, tandis que l'autre main, accrochée à la tasse, serrait et desserrait son objet sans se décider.

Pacifique Nord

27

J'étais nerveux à l'idée de repartir pour les côtes de l'Alaska ; 52 Hertz avait été aperçue à nouveau, l'équipage réuni en conséquence.

Juste avant d'embarquer, le resto pour fêter notre retour sur les sept mers fut, question ambiance, atroce. Malgré les quelques semaines sans nous voir plus que ça, nous n'avions pas assez de recul sur notre traumatisme commun, la pause avait été bien trop courte ; j'avais pu constater notre gêne, nos conversations plates, froides, la difficulté à mettre l'accent sur un sujet fédérateur. Personne n'osait parler de ces jours de détresse et, dans le même temps, tout le monde craignait que ça puisse recommencer.

D'autre part, nous sentions bien la fissure presque taboue : les herbivores d'un côté, le reste du groupe de l'autre. Lejeune, en outre, n'incarnait plus qu'une autorité fantoche, un capitaine-fonction, un pilote. Il ne pouvait plus tenter de bâtir ou d'incarner un sentiment de ralliement, d'appartenance.

Si ce n'était Falschfassung, que sa mésaventure avait rendu imperméable au malheur et à la déprime (il se disait enfin libéré, puisque le ciel lui était tombé sur la tête), prompt à porter mille toasts sans réaction, à blaguer sans provoquer ne fût-ce qu'un sourire, de loin nous avions l'air d'une bande d'amis en deuil. Gon-Pa, elle, naviguait entre absence et indifférence polie, vissée à *Candy Crush*.

Nous parlâmes des menus, du temps, de la durée du voyage. Nous touillions les plats, les yeux sur la serviette en tissu pendue au-dessus du vide, entre nos genoux.

Le trajet vers l'Alaska me parut plus long que les jours bloqués au milieu des glaces ; voir 52 Hertz, ce n'était pas seulement accomplir notre mission, continuer d'avancer ; c'était surtout conjurer le mauvais sort, s'assurer d'un *après* la catastrophe. Pourtant, je n'étais pas certain que nous voulions en payer le prix ; voir 52 Hertz, c'était aussi effacer l'épreuve, la mort de Joseph, les disputes, les traîtrises, le sauvetage par Mark Hollis. Faire table rase bien sûr, mais simultanément rendre cet épisode tabou, difficile d'accès, l'enterrer, sceller le non-dit.

La spécialiste avait embarqué avec nous, cette fois. Elle se trouva mal à l'aise, nous n'étions pas bavards. Heureusement que Falschfassung, en bon fan de 52 Hertz, lui faisait la conversation, s'enquérait du fan-club, demandait à voir les goodies en tous genres.

Et grâce au système REPCET, mis à jour, en parfait état de marche, trouver 52 Hertz fut un jeu d'enfant, à notre grand soulagement. La scientifique refit une courte synthèse explicative et pointa du laser quelques diapos, et, tout comme la première fois, Falschfassung fondit en larmes.

Notre boulot n'avait rien de scientifique. Nous devions simplement trouver la baleine et, je cite le paragraphe B-612 de la mission, « rendre compte de la frontière ténue entre l'éthologie et l'ethnologie via la rencontre et l'exploitation des ressources esthétiques contenues en chacun des membres dévoués à cette matière professionnellement, les autres membres devant porter concours et disponibilité dans la bonne réalisation de cette entreprise commune aux ramifications et résultats individuels ».

Seulement, plus facile à dire qu'à faire. Je ne sais plus qui ou comment mais tel un pirate assoiffé nous attendions tous une voix qui, scrutant la mer d'un bleu vierge, hurlerait du haut de ses jumelles « BALEINE EN VUE ». Pour de vrai, ce coup-ci. Tant que la formule ne serait pas prononcée, une pointe d'inquiétude planait, et la tension montait à mesure que l'écran satellite nous rapprochait du fabuleux Léviathan solitaire.

28

52 Hertz apparut enfin sur l'écran du REPCET. La question fusa mille fois : ce point-là qui clignote, est-ce bien elle ? Sûr ? Vraiment ? Sans déconner ? Même topo craintif une fois la baleine repérée : ce n'est pas un mirage ? Un reflet sur l'eau ? Une autre baleine ? A-t-on constaté et prouvé la hauteur du chant ? Tout fonctionne ? La perche micro n'a pas été victime d'un bug ?

La spécialiste passa son tour.

– Je l'ai déjà vue un milliard de fois, allez-y.

Toute l'équipe forma des binômes, excepté le capitaine Lejeune, attaché à rester sur le navire.

Il s'agissait de tirer au sort qui pourrait s'installer le premier dans le lounge de plongée et attendre le passage de 52 Hertz.

Falschfassung tira notre petit papier du chapeau.

Cette cloche de plongée avait été conçue par Tony Cragg, et l'intérieur ressemblait à une cave de jazz transparente : tapis noir, banquettes de velours contre la paroi transparente et au milieu de petites tables noires flanquées de chaises coulées d'un seul tenant dans un plastique bleu nuit lisse, sombre et brillant. Au fond se trouvaient de faux instruments de musique sculptés dans des coraux morts et peints de couleurs vives ; au-dessus, autour du trou du tuyau d'oxygène, des vinyles célèbres pendaient par l'orifice en d'horribles mobiles, cascadés dans l'espace.

Face à la scène factice, un minibar à cocktails en forme de colonne corinthienne.

Falschfassung se servit un Godfather et m'en proposa un. Je ne me voyais pas refuser ce mélange d'amaretto et de whisky, surtout un single malt écossais qui, comble de la joie, était le meilleur whisky 2019, à l'opposé absolu d'un malt à cocktails. Quel bonheur de commettre un sacrilège au fond de l'océan.

Comme d'habitude, Falschfassung ne tarissait pas d'éloges sur l'animal.

– Je la vénère. Je veux dire, quel plus parfait exemple d'une condition tragique incarnée jusqu'au bout, sans pudeur, dans tout le désespoir ridicule où le destin l'a déposée ? Hors suicide philosophique, hors pourquoi, hors comment, voilà la dignité absolue de cette chose qui vit parce qu'elle est poussée, tirée, obligée de le faire ; parce que tout son être la pousse à buter encore et encore contre l'existence sans pouvoir échapper à cette peau de banane perpétuelle que constituent son incapacité à communiquer et son instinctive violence où elle ne trouve qu'un échec perpétuel contre le silence qui l'entoure, l'accompagne et l'habite. Quelle bête ! Quel animal ! Quelle femme !

Santé !

Moi je ne pensais qu'à mon impuissance.

– Décidément vous ne pensez qu'à vous, Libski.

Je n'eus pas l'occasion de m'énerver. Une ombre glissa au-dessus de nous, et alors, de plus en plus nette, ma médiocrité apparut, puis s'écarta pour me laisser entrevoir la plus belle chose au monde.

29

La taille s'accompagne toujours d'un bruit sourd ; un camion passe et, tracé avec lui, un bruit lourd et métallique frappe puis s'étiole ; il y a aussi les coups d'un fort gaillard qui marche, le grincement aigu d'un train freiné, la poussière vive soulevée par l'éclair d'une Formule 1.

Là, rien. La masse terrible du cétacé se déployait en d'immenses ombres sur nous – du moins, pour être correct, des modifications de la densité lumineuse –, silencieuses, amples et douces.

– Qu'est-ce qu'on est censés faire ?

Je ne répondis pas. J'étais trop occupé à chercher des yeux cette légende vivante, à courir d'un point à l'autre de la cloche pour ne pas la louper.

Elle prenait plaisir à tourner autour de nous, à s'éloigner puis revenir, et alors, sans raison particulière, elle s'arrêta, de sorte que nos yeux se croisèrent, pendant peut-être la minute la plus bouleversante jusqu'ici.

J'aurais voulu pouvoir dire, a posteriori, un million de choses à travers mes yeux, qu'elle ne se sente plus seule, j'étais là, quelque part, et mon regard frappait la cloche des deux poings, ma voix restait sourde, je disais, au-delà du verre, tu n'es plus seule, moi non plus, je suis là, juste là.

Puis tout cet appel en moi s'éteignit. Elle nous regardait toujours, je ne comprenais pas ce que son œil disait ;

j'essayais d'analyser. S'il part plus à gauche, pourquoi ? Quel sens ça a ? S'il se ferme un peu, est-elle détendue ? Intriguée ? Suspicieuse ? Apeurée ? Comment devais-je m'y prendre ? La mettions-nous mal à l'aise ? Était-ce nous les animaux en cage, ou elle ? Qui était l'observateur, qui était l'observé ?

Falschfassung émit un gémissement à peine audible. Il pleurait. Il me prit la main, et tout s'éteignit encore.

Mon identité se fissura, prit l'eau, fondit et me laissa tout nu.

Cette nudité cosmique m'effraya puis me parut pleine de réconfort ; un courant chaud dénoua mon estomac, emplit mon cœur de larmes, et toute mon amertume s'enfuit, trempa ma chemise, et mon visage rouge esquissa un sourire, puis naquit un fou rire incontrôlable d'une nature nouvelle pour moi. Je suis à ma place, je n'ai besoin de rien et j'offre tout ; plus loin encore, l'évidence absolue d'une insignifiance, plus loin encore, que les choses soient signifiantes m'apparut sans aucune importance. Seul, j'étais tous les autres, et tout le reste. Tout le bruit de mon corps, de mon cerveau, de mes reins, de mon cœur, de mon âme, tout le bruit de ma vie rejoignait par sa dissolution, dans un ultime effort d'union enfin rendue possible, cette minute de silence absolu.

Puis elle s'en alla. Je regardai Falschfassung, encore sonné, encore rouge.

30

Bien sûr, sur le moment, nous ne trouvions pas les mots. On baragouina quelque chose qui ressemblait à l'explication du mot *wow* par un étudiant étranger de niveau A1 en français. L'équipage rit et nous regarda avec une compassion amusée ; seule la spécialiste sourit franchement. Falschfassung obtint sa carte de membre du fan-club signée par la présidente elle-même, le pin's qui représentait une longueur d'onde de 52 Hertz ainsi qu'une casquette en forme de baleine.

Cette entrevue avec la baleine eut sur chacun d'entre nous un impact singulier. Yens LeBroux et Amanda Oranjeschil parlèrent de ce lien à la nature, cette sensation de pouvoir reconnaître en chaque être vivant un ami potentiel. Gon-Pa eut faim, se rappelant des cheeseburgers de baleine qu'un de ses clients lui avait offerts ; puis, une fois la baleine entrée en contact avec elle, elle avoua :

– Je me suis sentie comme une criminelle à confesse… J'avais une envie terrible d'être punie.

Jules Karoo ne dit rien et entra dans une frénésie picturale. On nomma cette période « basse fréquence » ; de là datent ses peintures les plus célèbres comme la monumentale eau-vive de plus de quinze mètres de long et quatre mètres de large, *Abysses*.

Les trois scientifiques y allèrent ensemble ; ils se dirent tous les trois rassurés et reconnectés à leur travail.

Tshituka, une fois le regard de 52 Hertz rivé dans le sien, pria longtemps en d'amples litanies murmurées ; Jonquille ne parvint pas à regarder la baleine dans les yeux, quelque chose la gênait, « quelque chose d'impudique ».

Le capitaine regretta de ne pas être descendu ; je sus plus tard qu'il avait une peur terrible des baleines. Une histoire de *Moby Dick* de 1956 vue petit garçon. Traumatisé par le prêche d'Orson Welles ? Peut-être. Ça expliquait pas mal de trucs. Il avait fallu attendre tout ce temps pour qu'il se dévoile un peu.

Nous repartîmes tous rêveurs, assouplis d'une tendre mélancolie, reconnectés par quelque chose de simple et de saisissant.

Nous avions tous besoin d'un *afterwork*. La fête se remplit de toasts dédiés à la baleine, à 52 Hertz ; Jules Karoo, complètement saoul, quasiment recouvert de teintes de bleu, organisa des duels d'escrime au pinceau et je me défendis si bien que j'épuisai l'animal sauvage de ce peintre aux cheveux fous.

J'étais content ; l'ambiance s'améliorait enfin. J'avais eu si peur d'être ce que j'étais, un penseur sous vide ; maintenant il faudrait déterminer ce qu'être cela veut dire, comment faire. J'en parlai à Falschfassung qui, faute de cacahuètes habituelles, pelait les arachides entourées d'une couche croquante de paprika.

– Croyez-moi, Libski – il me tapa dans le dos de sa main grasse pleine de miettes –, je suis plus à l'aise que vous avec mes convictions et c'est, je suis désolé de vous l'apprendre, une quête sans fin.

Belgique

31

De retour chez moi, décidé à prendre du repos en solitaire, mon orgueil me rattrapa bien vite. J'étais revenu gaillard d'expériences véritables. Loup de mer, fin connaisseur du règne animal, heureux dépositaire d'un moment de partage cétacé *versus* homme. Je pourrais enfin m'asseoir dans un fauteuil, les cheveux peignés à l'eau, mon corps mou enveloppé dans un peignoir de soie, chaussons aux pieds, whisky écossais Lagavulin 16 ans d'âge dans la main droite, à conter d'un air de fausse modestie mes aventures autour du globe et les révélations, transformations, transhumances, que dis-je, transsubstantiations spirituelles qui s'ensuivirent ! À moi les sommets himalayens en pyjama par moins mille degrés ! À moi les jardins de sable fin sous le soleil abbatial d'un mont japonais, à moi les encensoirs, les extraterrestres en soucoupe volante, les milliers d'adeptes prêts à suivre, aveugles, chacun de mes pas, à moi les cohortes de femmes nues en offrande au gourou planqué dans sa yourte sauvage !

Je délirai ainsi quelques jours. J'essayais de voir des signes. Je regardais les fleurs et attendais d'éprouver un profond sentiment de paix devant les fourmis, ou d'observer les rayons du soleil avec un œil, puis l'autre, de derrière, de côté, en tapotant sur le mur où le rayon lumineux bougeait, muet, lent, implacable.

Je tentai de tricoter des chaussettes en laine bio et n'y parvins pas ; je voulus vivre dehors, dans la cabane de jardin, et boire l'eau de pluie récoltée pour arroser les plantes. Je tentai de feindre les êtres élevés qu'on voit partout dans les reportages pro-méditation transcendantale. Je voulais apprendre à sourire comme eux ; à m'habiller comme eux ; à mettre mes mains en triangle bizarre, juste la position des doigts super classieuse, un peu entre les doigts crochus d'un magnat diabolique et un *Kikohō* de Ten Shin Han. J'essayais d'avoir les mains de *quelqu'un qui avait compris.*

D'impasse en impasse, si j'avais bien ressenti quelque chose de fort face à 52 Hertz, je dus bien admettre ne pas avoir changé de pied en cap. Les couleurs me semblaient à leur place, le monde tournait sur lui-même à vitesse de croisière et, si j'avais d'abord été tenté de culpabiliser (j'avais loupé le coche ? j'étais passé à côté du *truc* ?), je repris mes vieilles habitudes et triturais sans cesse des événements récents comme on presse la pulpe du fruit avec une cuillère.

J'obtins un goût doux-amer, familier : mes angoisses habituelles revenaient. L'enthousiasme était bien retombé. Les yeux cosmiques de 52 Hertz s'éloignaient en travelling arrière et en écho à l'agonie.

32

Zhi Bu était enfin de retour en Belgique ; le T-shirt « Don't » que je lui offris, rouge à strass fluo, se déchira lorsqu'elle l'enfila. Elle baissa les bras de dépit, et au milieu de notre fou rire, une levrette de retrouvailles.

Elle sentait toujours le tabac et la réglisse, et je lui racontai tout ce que j'avais vécu cette grosse année. Je m'attardai surtout sur l'épisode de mon enlèvement par le porteur Camille, fan d'Andersen, sur les rives de l'Amazone. J'omis ma bourde face à Joseph et le désespoir collectif du piège de glace en Alaska, pour me concentrer sur l'apparition salvatrice du chanteur de Talk Talk et, bien sûr, la rencontre avec la célèbre, l'indescriptible 52 Hertz.

Elle applaudit sans conviction, me donna un bécot sur la bouche, rota bruyamment et demanda si le nouvel homme de ménage s'occupait bien de mon linge. Je répondis oui. Un temps passa, puis elle demanda si la carte était arrivée, je lui dis que je n'y avais rien compris, elle rit, me raconta la maladie et l'enterrement de sa mère – enfin les deux seules phrases en anglais au milieu de digressions en chinois, j'imagine – puis se rhabilla et traduisit la carte postale ; il y était question de déménagement, d'héritage, de rupture et de ne plus jamais me revoir, du coup.

Du coup.

Elle allait faire sa vie en Chine à partir de l'héritage de sa mère, qui avait hérité de son père, je n'en sus pas plus. C'était peut-être faux, du coup.

Du coup.

Elle fuma quelques cigarettes à la réglisse et dit quelque chose qui ressemblait à un poème très doux sur la force des choses.

33

Eddy n'était pas en Belgique ; il photographiait la morgue d'un home de luxe à Amsterdam. Mais il m'envoya un e-mail :

Je ne pourrai plus te voir pendant longtemps ; j'ai un programme chargé qui m'empêche un retour en Belgique planifiable. Je ne promets pas non plus de répondre à tes e-mails mais, par contre, je t'enverrai un double de mes tirages de photomaton, avec une petite biographie de la personne en question. C'est plus chouette que la liste interactive et hyperlien de l'exposition finale, et ça m'aidera à organiser mes connexions.

Je t'embrasse,

Eddy Manhattan

C'est donc seul que je me rendis à l'Augustin.

Un grand type élancé, assis sur la banquette du fond, près du portemanteau, parlait de Schopenhauer à un type plus trapu. Ils buvaient du jus orange-citron-carotte, le jus ACE de la marque Looza.

Carlos vint me voir.

– Alors, mon petit copain, tu es seul aujourd'hui ?

– Oui, Eddie est à Amsterdam pour le travail.

– Ah, les tulipes, les fleurs ! On doit tous travailler.

Et il s'en alla en sifflant ; tout en parlant il avait passé un coup de lavette sur la table, et posé mon café-spéculoos. J'étais assis face à la banquette et au-dessus une nature morte représentait une boîte d'iPad vide tandis qu'un furet dormait sur du papier bulle, sous la table qui soutenait la boîte. Je me sentais fatigué de toujours devoir partir, et dans le même temps heureux d'avoir, toujours, un endroit où aller et quelque chose à faire. Ça n'arrangeait rien sur le fond, mais une certaine paix s'était emparée des tortueux passages de mon ventre et, si j'accusais une part de lassitude mêlée d'incertain, je dormais sans me retourner, le corps droit et le ventre plan, tiède et démêlé.

Je ne comprenais pas pourquoi, encore, le mystérieux sillon, très simple, du quotidien, de l'aller, du retour, du battement régulier me calmait ; j'étais habitué à ce que mon esprit vagabonde en mille inflexions et détours malheureux, pas à ce qu'il s'asseye sur le banc, un sac d'avoine à la main, à filer le grain de la vie au hasard dodelinant, le bec orangé, plumé çà et là de vert et de bleu, criant un coin-coin moqueur dans l'étendue multicolore d'un ciel sans limites.

D'abord, assis là face à ma tasse de café, monta en moi une angoisse ; et si, une fois de plus, je finissais enlevé, torturé moi aussi ? Pire, qu'au bout de ce voyage énorme, pénible, je sois toujours paumé et pendu aux basques de mon père ? Qu'est-ce que j'y pourrais ? Trouver un poste de professeur ? Tout abandonner et faire du couchsurfing en étudiant le soufisme ?

J'enviais les gens qui, par leurs convictions, avaient trouvé un idéal auquel se raccrocher, une chose qui les tenait debout. Il me semblait que moi, terrorisé à l'idée de louper une nuance, un aspect, une facette d'un problème, un enjeu, un concept, je ne parvenais jamais à prendre parti, à me déterminer. J'étais dans un purgatoire mental permanent où décider, avancer, signifierait partir mais avant tout abandonner à jamais toutes les autres options et accueillir, ce qui m'était insupportable, la vérité amoindrie par essence de ma partialité, de mon impuissance ; face à sa condition d'homme, on ne peut rien, sinon étendre sa subjectivité jusqu'à ce que le tissu craque et que la ductilité de notre perception s'effondre.

Puis cette vision m'émerveilla, douce, montée en petites notes fragiles arrachées à la peur ; un brouillard se dissipa ; clair, inattendu, un sourire maigre prit ses aises sur mon visage, pour s'évanouir aussitôt.

J'avais découvert une brèche. Cette percée me fatigua beaucoup, et je rentrai chez moi, endolori et sourd d'épuisement après cette découverte difficile qui permit cependant, pour quelques nuits, un sommeil sans trouble.

34

Le prochain animal était plus proche de chez moi ; il s'agissait de la chauve-souris d'Orval, le grand rhinolophe d'Orval, *Rhinolophus ferrumequinum vallis aurum*, pensionnaire toute particulière de l'abbaye trappiste du même nom, située dans l'extrême sud de la Belgique.

Cette espèce a le flux migratoire le plus court du monde : dans la voûte où se réunissent les quelques centaines de spécimens, se manifeste une différence assez nette de température aux abords du printemps. Suspendues d'un côté de la salle, parfois dès février ou plus tard en avril, toutes les chauves-souris changent de côté, et ce jusqu'à l'automne. Elles auront parcouru, selon leur positionnement initial, entre trente et nonante centimètres.

Certes, ces chiroptères continuent de se nourrir et de se reproduire dans les bois alentour ; mais ce changement de côté suscite étonnement des chercheurs et émerveillement du public. Jamais, une fois la décision prise, l'une d'entre elles ne changera de côté ; et ce changement, observé depuis près d'un siècle, est filmé chaque année.

Bien sûr, j'avais assisté à cette migration un million de fois ; sortie scolaire classique, classe verte peu onéreuse où, entre deux explications sur ces animaux curieux, mêlées de culture populaire à base de vampires, de spray antirequin balancé par Robin à son maître/père adoptif/

amant occasionnel Batman, les professeurs accompagnateurs peuvent souffler et avaler quelques litres de bière trappiste à l'ombre d'une terrasse clémente, humant le parfum boisé de la dense forêt gaumaise.

Je me souviens encore de ce moment de tension infinie où l'animateur allumait l'écran du téléviseur connecté à la caméra infrarouge planquée dans la salle de la migration. Réunis à une quarantaine devant le poste, assis sur des chaises pliantes dont le grincement ajoutait à l'excitation palpable du moment, nous étions suspendus à ces masses brunes qui, oui ou non, allaient se mouvoir et changer de côté.

Le jour n'était jamais le même d'une année à l'autre. Cependant, dans leurs relevés et calculs, les scientifiques avaient découvert qu'aux alentours de températures précises, le mouvement des chauves-souris se mettait en marche ; en réalité, il s'agit de la même fourchette. Au printemps, elle est atteinte par le bas, la température augmentant ; en automne, c'est l'inverse : à un moment donné de la dégringolade du thermomètre, les petits mammifères ailés déménagent.

Dès que cette fourchette était entamée, la salle était filmée H24 et, par tranches d'une heure, on pouvait fixer l'écran et les volutes vertes et noires du rendu de l'image, l'espoir au cœur de voir la fameuse migration en direct. L'équipe de visiteurs qui avait la chance d'être là au bon moment gagnait des prix : des bons pour un dîner au restaurant, de la charcuterie gaumaise, du fromage d'Orval, sans parler de la fameuse bière à la truite porteuse de l'anneau d'or de Mathilde, l'Orval, et tout ce qui l'accompagne : verre, décapsuleur, goodies en tous genres.

C'est vrai, je n'ai assisté à la migration effective qu'une seule fois ; j'étais en rhéto, j'avais dix-huit ans et je m'en souviens d'autant mieux que ce fut là mon premier Orval, deux ans d'âge, gagné pour avoir été là au bon moment, au bon endroit.

Il faut savoir que cette bière cultissime se commande au masculin, se boit entre douze et quatorze degrés et, si possible, vieillie en cave entre un et deux ans, accompagnée d'un pain gris maison souple et dense, surmonté d'une couche de beurre ardennais et d'une tranche aux reflets d'ocre pastel du fromage d'Orval, crémeux, doux, dont la croûte orange assure à celui qui la goûte une tartine du meilleur choix.

Je pris plaisir à être au centre de l'attention, à faire visiter l'endroit à mes camarades, à les couvrir d'anecdotes et de légendes : le chêne pluricentenaire, la brasserie, les ruines de l'ancienne abbaye détruite par les révolutionnaires français, le tombeau du roi germanique survivant, la fontaine où la reine Mathilde perdit son anneau voilà mille ans et où voilà mille ans une truite le lui rendit, la reconstruction au début du vingtième siècle, la fameuse bière, évidemment.

Surprise agréable : puisque, comme d'habitude, nous étions accompagnés de scientifiques, nous pourrions assister à la migration depuis la salle même, planqués sous une couverture métallique censée nous rendre invisibles aux ultrasons, conçue par des biologistes de l'UCL.

Nous nous couvrîmes de la mince couverture au froissé similaire à un aluminium noir ; seuls dépassaient nos pieds nus recouverts de cette matière pour éponger les chocs, et nos yeux à découvert, minces fentes arrondies prêtes à assister au spectacle. D'après l'expert venu nous placer là en saucisses alignées, il était sûr que ce jour-là serait un bon jour, un jour possible.

Et le miracle se produisit : en une flopée dense, un frou-frou sombre et discret, une amplitude d'ailes noires se forma, grandit et s'éteignit. Elles avaient migré. Je remarquai qu'une seule chauve-souris n'avait pas suivi ses consœurs ; sans me formaliser plus que ça, une fois ressorti, je demandai à l'expert si la migration se faisait en deux temps.

– Non, tout le groupe migre ensemble.

– Et celle qui est restée ?

– Ah ! Sans doute un spécimen trop faible pour faire le voyage.

Oh non. Quelle horreur. J'avais du mal à respirer. De l'air ! Je sortis en courant, m'asseoir sous le chêne. La tête penchée en avant, mon souffle m'échappait.

Alors que je faisais l'aspirateur coupable plié en deux sur le banc, un moine de l'abbaye vint me voir. Il sortit un sac en papier de son panier, dont il retira le contenu. Il me dit de respirer dans le sac. Le sac sentait l'hysope, une plante aux petites fleurs colorées regroupées en épis. Je m'en souviens, c'était la période phytothérapie de ma mère, ses sirops antitussifs maison. J'étais rassuré.

Toutes les manifestations maladroites et bourgeoises bohèmes de ma mère me revinrent au cœur dans un élan confus, y compris l'impression aigre-douce d'avoir été un cobaye pour ses expériences et un faire-valoir social auprès de sa bande de copines écervelées membres du même stage de phytothérapie – au coût exorbitant, bien sûr.

Je respirai mieux. Je sentais la puissance rassurante du chêne bicentenaire derrière moi, un peu, peut-être, de sa tranquillité. Le moine et moi restâmes longtemps en silence, à contempler les ruines de l'ancienne abbaye, puis, lorsque les lumières du jour bleuirent, il partit, tandis que tout ce qui avait troublé notre silence, et notre contemplation, venait de mon nez coulant et reniflant à intervalles réguliers.

35

Après ma réaction devant la chauve-souris, je me sentais fragile ; je décidai d'abandonner le groupe pour le cinquième voyage et d'en profiter pour interroger ma famille et mes amis sur qui j'étais, pourquoi ils m'aimaient et pourquoi je les énervais. J'espérais ainsi faire une sorte de bilan avant de repartir. Sauf à Falschfassung, je mentis et dis que j'étais anatidaephobe et que l'animal prochain mettrait à bas mes fondations psychiques. Tous rigolèrent mais on met rarement en cause une excuse qui vous rend ridicule. Je précisais que j'avais peur du canard en soi, pas de la possibilité que l'un d'entre eux m'observe, ce qui finit de rendre l'assemblée hilare.

En effet, ils allaient à la recherche des derniers spécimens du canard rose de Birmanie (plus exactement la nette à cou rose, considérée comme quasi éteinte), aperçus par des ornithologues de là-bas voilà quelques semaines.

Je parlai de ces raisons en toute honnêteté à mon père, qui ne dit pas grand-chose, sinon que c'était là preuve de lâcheté et de mollesse, et que oui, c'est vrai, même si ça lui coûtait de l'admettre, il admirait peut-être, un peu, ma finesse d'analyse. Sinon que la maison était grande et que je pouvais rester, hein, mon fils à la rue certainement pas.

Ma mère pleura et changea de sujet ; Marie-Té avait eu ce genre de discussion avec son dernier garçon et tu te rends compte, quand même, dire à sa mère qu'il était homosexuel ? Comme ça ? Tu ne serais pas homosexuel, dis ? Tu peux, hein, mais bon, ce sera quand même plus dur pour toi d'être heureux, ce que lui avait affirmé Marie-Té.

Falschfassung suait à grande eau sur Skype, cet après-midi où il s'éventait en soufflant face webcaméra. Il prit un certain temps pour répondre et dit que la qualité qu'il admirait chez moi est que je mettais toujours ma sensibilité au-delà de tout, y compris de moi-même, et que c'était admirable mais en même temps horripilant puisque de ce fait j'étais incapable de me détendre et d'être cool et relax, et simplement de profiter de la vie. En sus il admirait mon courage par rapport à cet état de fait, soulignant que mes états d'âme d'une violence inouïe, je les prenais toujours par les cornes, peu importaient les conséquences, ce qui là aussi énervait, puisque la vie ce n'est pas qu'un torrent d'émotions mais aussi le quotidien, le prestige, l'argent, les femmes à poil, l'amour, la tendresse, le monde et tout ce qui va avec.

Eddy m'envoya un selfie dans une morgue en disant regarde, voilà, n'oublie pas que tu vas mourir et aime, compassionne à tout-va, réfléchis c'est très bien mais n'oublie pas de vivre et ne cherche pas dans ton hypersensibilité une excuse pour ne pas le faire. Bisous, Eddy Manhattan.

Restait Zhi Bu.

Certes, tout était fini entre nous, mais si un être m'avait connu au cours de plus d'une décennie d'intimité crue, tant mentale que physique, c'était bien elle. Ma mère me donna son adresse et numéro de téléphone, puisque, depuis qu'elle avait hérité, elle avait vendu des babioles sans valeur à ma mère qui croyait acquérir des antiquités chinoises et faire ainsi d'heureux placements. Cette petite vengeance me ravit.

Elle fut surprise de m'entendre et, quand je lui expliquai ma démarche, elle sourit (enfin j'imagine que cela doit faire ce quasi-silence particulier, un sourire au téléphone) et m'invita à la rejoindre à la Chaloupe d'Or, Grand-Place de Bruxelles, goûter leur cocktail maison un peu amer au Martini rouge et leurs gâteaux maison, maintenant qu'elle pouvait s'offrir ce luxe ; elle revenait justement en Belgique pour arnaquer ma mère avec un bouddha ancien via faussaire interposé ; puisque, oui, ma mère s'intéressait brusquement aux choses spirituelles depuis qu'elle avait vu *Little Buddha* avec Keanu Reeves au ciné-club d'Uccle.

J'arrivai dans le café, antique institution qui, je dois bien l'avouer, exerça sur moi toute la force et le charme d'un luxe suranné à l'européenne : boiseries, reliefs dorés, vitrine de tartes et gâteaux maison, garçons impeccables et polis, vieilles chaises, vieilles tables circulaires en bois massif numérotées au bronze, feu dans l'âtre, cuisine traditionnelle.

Zhi Bu m'attendait, en tailleur noir, chemisier blanc, maquillage discret et impeccable, sauf le rouge à lèvres, inchangé, et l'odeur de réglisse, toujours. Je m'enquis de ses habitudes immuables et pour toute réponse elle sortit un rouge à lèvres Chanel à la teinte violacée tirant sur un noir verdâtre et une vapoteuse dernier cri Monk dans les mêmes tons quoique plus pâles.

Le serveur apporta les deux cocktails non sans suggérer à son aimable clientèle d'opter, peut-être, pour une boisson chaude plus appropriée à la dégustation des deux parts de merveilleux au spéculoos qu'il déposa en face de nous ; Zhi Bu prit plaisir à le renvoyer poliment à sa place d'un sourire et il sourit en retour, de ce sourire de métier apte à cacher le mépris inspiré par un client nouveau riche.

Je lui posai les mêmes questions et elle me répondit en chinois. Pour la première fois je me fâchai, ce qui eut pour effet de stupéfier la salle un instant. Elle resta de marbre et but une gorgée de son cocktail en me fixant du regard tandis que, après avoir vu l'effet de ma diatribe, je baissai le volume sonore en murmurant mes griefs d'une rage contenue ; et pourquoi elle me parle en chinois alors que je n'y comprends rien ; et pourquoi elle a l'air de ne jamais m'écouter ; et oui, d'accord, je n'ai rien appris de mon côté, ni sa langue ni autre chose ; et ensuite, et tralala itou avec supplément sauce fromage.

– Ça n'aurait rien changé que je t'explique tout dans ta langue, dit-elle dans un français impeccable, un peu pincé à mon goût, j'ai lu énormément, et ce que j'ai appris c'est que le discours est inutile quand il n'a pas d'effet concret ni ne vient de celui qui a vécu en silence avant de prendre la plume ou la parole. Tu dois trouver quoi faire avec ce langage et ce cœur qui sont les tiens, et tu vas devoir le trouver tout seul, sinon ce sera sans valeur.

Ensuite elle parla en chinois pendant quarante-cinq minutes, fit des blagues auxquelles elle rit elle-même et qui me firent le même effet grâce à mes neurones miroirs, après quoi elle me prit les mains, me dit « Adieu », paya, et ajouta, tandis qu'elle entrait le code de sa carte :

– Reviens me voir une dernière fois lorsque tu auras trouvé.

Après quoi je laissai ce postérieur entouré du meilleur tissu s'éloigner, ce postérieur plein de surprises que j'avais tant aimé sans le soupçonner ni le comprendre.

36

J'entrai dans l'atelier d'Eddie, acquis sur un coup de tête, entre deux trips auprès de corps sans vie.

– Alors qu'est-ce que tu en penses ? Pas mal, hein ? C'est l'ancien atelier de Gwyn, Baricco et même Sarah Ardevol !

J'étais debout au milieu de ce hangar bleu charrette, flanqué d'immenses vitres en carreaux de chocolat, au béton peint en gris tirant sur le bleu clair et au plafond pendaient mille ampoules grosses comme des œufs d'autruche mais plus oblongues.

L'ensemble avait l'air d'une mauvaise idée ou d'une idée de génie prête à mal tourner.

Au milieu, tout proche de mes pieds, un cercle de métal argenté relié à une prise murale finissait la course immobile d'un câble translucide ; Eddie tenait ses mains tendues au-dessus du cercle, Houdini impatient de faire tourner l'éclat péremptoire d'un tour de passe-passe éventé.

J'attendais, les bras croisés, l'inévitable et vomitif « tadah », avec une longueur sur le second *a*.

– Tadah !

Se déploya dans l'espace vide, de vingt centimètres au-dessus du sol jusqu'à effleurer les ampoules, une énorme sphère fantomatique mimant à la perfection la planète bleue.

– Je pensais à ce modèle-là…

Soudain apparurent sur la croûte terrestre mille petites épingles à bout rouge.

J'étais venu pour confirmer une esthétique.

– Je suis venu pour t'aider à choisir tes tags visuels ? EDDIE !

– Quoi ? Tu as toujours eu plus de goût que moi là-dedans.

Il se rattrapait avec un compliment.

– Nan, ça fait trop BD. T'as quoi d'autre ?

Des flèches ? Nan, trop film de guerre.

Des épingles à bout coloré ? Nan, trop poster.

Des miniphotos polaroid ? Attends voir…

Je reculai de quelques pas en incarnant à la perfection un réalisateur de pubs. Avec les mains parallélépipédiques, le cul en arrière et « l'œil ». Et les lèvres en cul de poule.

Mhhhhokay.

Je dois dire, cette sphère géante d'où émanaient en mille petits carrés ces photographies de morts rendait classe.

– Le mieux, tu vas voir…

Les carrés disparurent et, tournoyant sur son axe nord-sud, la sphère se laissa boutonner de ses morts, au fur et à mesure d'une flèche du temps qui démarrait des années 20 jusqu'à nos jours.

– Ça a de la gueule, ton truc.

– Certainement. Bon, ce n'est pas fini, il me manque certaines tranches d'âge, certains lieux… mais la quantité se fait, au fur et à mesure. Maintenant qu'on a parlé de mes lubies, toi ? Qu'est-ce que tu fous là ? Tu n'es pas reparti ?

– Non, je me sens patraque en ce moment.

– Ah.

Il disparut au fond de la salle, derrière un rideau de perles, et revint avec deux tasses de café.

– Merci. Je suis crevé. Fatigué de réfléchir.

– C'est mal barré.

– De fait.

Je fixai une tache sur le mur.

– Tu crois que je vais finir par… Tu vois l'Allemand du groupe, l'autre philosophe de l'expédition ? Lui il est détaché. Il écrit son rapport, bricole deux trois fouillis théoriques, et voilà, c'est fait. J'y arrive pas. Et regarde la merde avec le phoque ! La chauve-souris ! La baleine ! C'est trop, et trop peu, tu vois ce que je veux dire ? C'est trop gros pour moi, je ne sais pas quoi en faire.

– De quoi ?

– De tout ça ! Les animaux, les allers-retours partout, là !

Eddie réfléchit quelques minutes ; je fixais toujours la tache sur le mur.

– Tu… tu n'as peut-être pas toutes les pièces du puzzle.

– C'est-à-dire ?

– Si je résume, pour l'instant, tu as surtout été un bon garçon.

– Un bon gar…

– Laisse-moi finir. Un brave type. Tu t'es inquiété pour des bestioles dont, excuse-moi, tout le monde se fout. Même le végétalien mort sur la glace, là…

– Joseph.

– Oui, personne ne s'est inquiété de sa disparition plus que toi, non ?

– Où tu vas avec ça ?

– Peut-être est-ce le moment de faire l'inverse.

– L'inverse ?

– Oui ! D'embrasser un côté plus sombre, ou l'indifférence. Après quoi tu auras peut-être fait le tour de la question, si je puis dire.

– La question des animaux.

– C'est ça. Si tu veux.

D'un coup j'eus à nouveau du mal à respirer. Un grand trouble s'empara de mon corps fébrile et flageolant. Je courus hors du hangar, loin de l'hologramme de la planète bleue, pris d'une excitation encore innommée. Puisque l'empathie, la méthode *brave garçon* ne fonctionnait pas, j'allais tester tout le reste, peu importait le coût, peu importaient les conséquences.

Afrique du Sud

37

Lorsque le déclic est trop impressionnant, on n'ose pas désobéir. La première expérience à mener, à l'opposé de mon empathie naturelle et, jusque-là, sinon inutile, peut-être bien torturée, c'était le meurtre pur et simple, bien sûr.

Je ne parvenais même plus à déterminer si oui ou non j'avais écrasé des fourmis durant l'enfance, arraché les ailes d'un grillon ou noyé une guêpe dans une limonade. Pourtant, si l'empathie ne fonctionnait pas, si chaque seconde de mon périple où j'avais peiné à faire l'être humain sympa générique se résumait à me lamenter et à ne pas trouver ma place ou comment gérer mon rapport à l'animal, alors faire l'inverse, l'enculé générique, c'est-à-dire à peu près l'Occidental colonisateur viriliste chasseur et poseur lambda, un pied sur la gueule du fauve transformé en descente de lit, un cigare cubain en bouche et *shades* de pilote d'hélicoptère sur le nez, pourquoi pas. Le chemin de la honte, le sacrifice ultime vers ma vérité. Faire les choses en laborantin du moi, tester les extrêmes et voir ce que ça donne.

Nous étions basés en Afrique du Sud pour observer la migration des gnous bleus sur trois mille kilomètres. La sécheresse, signal du déplacement des gnous vers le nord, tardait à poindre. Alors je décidai de mettre secrètement mon plan à exécution et de m'entraîner au tir, pendant que les autres faisaient la teuf.

Au cours de mon entraînement, on m'approcha pour me proposer ces chasses en enclos géant. Au départ, naïf et résolu à explorer cette part brute en moi, je marquai un vif intérêt. J'étais sur le point de signer le contrat me garantissant au moins un éléphant tué lorsque Tshituka me retint par l'épaule ; je sursautai et il s'expliqua :

– Je passais voir de la famille, j'ai la chance d'en avoir encore ici. Tu ne vas pas faire ça, hein ?

– Garde tes jugements pour toi.

– Oh je ne juge pas. Tu as déjà tué ? Tu sais ce que ça fait ? Beaucoup vomissent, la première fois.

J'étais coupé dans mon élan.

– Viens, je vais te raconter une histoire.

Il me conduisit sur un chemin poussiéreux ; j'y discernai une tente et un four solaire. Il fit du café.

– Il s'agit d'une tradition ancienne. D'après mon père, qui le tient de son père, qui le tient de son oncle, qui le tient de son père à lui, qui le tient d'un ami de son grand-père qui a travaillé dans les cuisines d'un soldat prussien anobli sur le tard, elle remonterait à la fin de la guerre de Trente Ans, rapportée par les marchands portugais qui auraient épousé des femmes d'Afrique au cours de rapts, d'échanges flous ou, peut-être, d'amours sincères. Quoi qu'il en soit, moi je pense, véritablement, qu'il s'agit de quelque chose de beaucoup plus ancien et, quand tu lis les Évangiles (tu les connais aussi bien que moi), quelque chose de cette sorte y transpire abondamment. D'ailleurs, on pourrait faire du confessionnal un héritier abâtardi, un revenant translucide de cette pratique. Peu importe ; j'imagine en tout cas qu'à chaque génération, dans chaque groupe d'humains, il a dû y avoir, peu ou prou, un tenant de cette fonction essentielle, qui sied tout à fait aux tempéraments taciturnes et sensibles, dont le prestige émane de la bienveillance muette qu'ils semblent porter en eux depuis le commencement. J'ai connu le dernier représentant connu de cette tradition. C'était en 1986 ; j'avais alors six ans et on venait d'inventer le compact disc. J'en parlais tout le temps, économisant furieusement pour m'offrir un baladeur et mon premier album. Ma mère allait mourir d'une cirrhose. Elle souffrait beaucoup. Moi je ne me souviens que de cette obsession technologique ; je rêvais de laser et de musiques inconnues aux battements furieux et barbares, aux lents glissés-croisés, aux cabrioles rythmiques, mon pied contre l'encadrement des portes, à tambouriner tant et tant que la semelle de ma chaussure en fut irrémédiablement atteinte. La douleur rendait ma mère acariâtre, sèche ; elle passait son temps à nous piquer, moi et mon père. De remarques acerbes en commentaires cruels, mon père s'assombrissait de plus en plus. Excédé, il déclara, un soir où ma mère avait critiqué une énième fois sa manière de ranger la vaisselle : « Il est temps d'aller voir le Grand Amadou. » Le Grand Amadou représentait toujours un moment chargé de douleur et d'espoir ; un moment critique, en somme. Personne ne lui rendait visite à la légère, ni souvent ; il fallait être sûr que personne d'autre que lui ne puisse décharger l'horreur et la misère de votre cœur, sinon il refusait de vous voir. Ma mère se présenta à lui. Il vivait dans un studio minuscule, sous les toits d'un immeuble ostendais, près du quartier chaud. Le Grand Amadou devait être nourri et entretenu par des prostituées, considérées comme les seules femmes dignes de soutenir sa tâche, puisque comme lui elles souffraient toute leur vie de recevoir une intimité absolue de personnes inconnues. Un philanthrope flamand pourvoyait à son logement et ses soins médicaux. Il lui versait une rente annuelle modeste. La pièce où vivait le Grand Amadou comportait un matelas nu qu'il retournait tous les jours ; une fenêtre en triangle rectangle qui couvrait le mur face au soleil, une ampoule au bout d'un câble rigide, un plafond muni de quelques crochets et d'un poster de Jean-Claude Van Damme où était inscrit « Tout est vanité », un minifrigo à bières rempli de croque-monsieur, et une table très haute où se trouvaient une bouilloire, du thé en sachets Aldi, une bouteille d'eau minérale, des mugs Alf et une machine à paninis. Plus loin, un trou dans le sol, un grand bac en fer-blanc, un savon et une brosse tenaient compagnie à un minuscule robinet. Un peu partout autour du coussin épais et rouge sur lequel l'Amadou trônait en tailleur, des livres de poche jaunis et l'éclat d'une loupe. Sinon la porte, et derrière la porte un rideau. Le Grand Amadou vint vers le rideau fermé ; ma mère était devant lui, et nous, mon père et moi, étions derrière ma mère, de sorte à ne rien pouvoir entendre. Elle était angoissée et implorante, ma mère. La phrase était importante ; il fallait bien choisir ses mots sinon le Grand Amadou ne laissait pas le rideau s'ouvrir. « J'ai si mal que je n'ai plus peur de mourir ; je veux, impatiente et ce n'est pas bien, je ne veux pas montrer ce désir-là à mon fils et à mon mari, je veux être courageuse, je veux attendre jusqu'au bout, je veux penser à eux et ne pas trépigner que ça s'arrête… » Le rideau s'écarta. Mon père n'en sut pas plus que moi, ou presque ; l'entrevue dura quarante minutes, environ. Mais, d'après mes recherches, le Grand Amadou était choisi par l'ancien Grand Amadou, qui, un soir que la vie le quitte, ou va le faire, se dirige furieusement vers la boulangerie qui lui sied, attend et suit tous ceux qui achètent du pain ; lorsqu'il en trouve un qui distribue d'abord son pain aux oiseaux, il s'approche de lui, lui parle de sa vie et de sa tâche, se dessaisit de son châle blanc rayé de noir et l'offre à son successeur. Aucun n'a jamais refusé. La tâche du Grand Amadou est aussi simple qu'exigeante. L'homme reste là, immobile, et laisse la personne venue recourir à ses services parler, hurler, vider son sac ; elle peut même le frapper, ce qui oblige le Grand Amadou à s'enduire le corps de cocaïne ou d'une substance analogue, qui rende les coups presque indolores. Une fois que la personne a terminé, le Grand Amadou partage avec elle, en silence, une boisson chaude et un plat réconfortant, changeant en fonction des pays et des cultures. Ici, un croque-monsieur béchamel et un thé vert. Lorsque la personne a fini de crier, frapper, parler, manger et boire, le Grand Amadou sourit, c'est très important, et la personne part. C'est un métier difficile, exercé depuis longtemps par des femmes comme des hommes de toutes origines. Personne ne sait exactement leur nombre, je crois que celui-là était le dernier de Belgique. Il y en a un peu partout, selon les époques et les tendances ; j'ai entendu dire qu'un temps, on proposait aux muets des écoles spécialisées de remplir cette fonction, dès leur majorité. Mais c'est sans doute une rumeur. Quand j'y suis retourné, pour une peine de cœur, vingt ans plus tard, il n'était plus là. Je crois que mes recherches sur cette tradition ne sont pas étrangères à ma vocation spirituelle. Quand je serai prêt, je retrouverai cet appartement et une écharpe blanche rayée de noir, et je reprendrai le flambeau.

– Elle est bien jolie ton histoire, Tshituka, mais je dois tuer pour voir ce que ça fait. C'est idiot, je sais mais…

– Ne dis rien, je vois. Alors tue plutôt des gnous, il y en a plein. Je te donne l'adresse d'un ami qui organise des chasses privées.

38

Cher Théo-Jim,

Tu es parti en trombe la dernière fois ; j'espère que tu as compris ce que j'ai tenté de te faire comprendre et que tu te portes bien.

Ci-joint quatre photos d'une fille de quatre ans atteinte de leucémie, morte ce mardi tôt le matin, aux alentours de 5 heures, à Bratislava.

Je t'envoie les deux tirages, l'un avec perruque ou sans.

Je trouve personnellement le tirage avec la tresse châtaine plus tragique, puisqu'on retire ce côté « attention cancer » d'une fillette chauve.

Cependant, à cause de la présence inhabituelle du cuir chevelu (dont on ne décèle pas le caractère factice ici, je suis assez fier de mon nouveau flash) (garde bien ça pour toi by the way), à la vue du résultat je suis pris d'une « inquiétante étrangeté », ce qui, Freud ou non, ne cadre pas très bien avec le reste.

Qu'est-ce que tu en penses ? Qu'est-ce qui te frappe et/ou t'émeut ? Je garde cette piste avec plus d'enfants morts ou pas ?

Je t'embrasse bien fort,

Eddie Manhattan

Je relisais cet e-mail au-dessus de la jeep, occupé à subir les aléas pesants de la brousse, attaché à ma chaise de jardin en plastique.

Personne n'imagine à quel point c'est dur de viser correctement au fusil de chasse à double canon. Puis c'est lourd, bruyant, le recul sollicite le muscle et garder l'œil ouvert en tirant est difficile. Mais mon entraînement était terminé. J'étais devenu bon tireur.

La jeep avançait vers le troupeau de gnous, et mes chauffeurs-guides prenaient plaisir à jouer aux virages et dérapages contrôlés pour me faire chier. Leurs rires couvraient presque le bruit de l'engin et mes cris de surprise.

Enfin, à la lueur d'un disque solaire vertical et souverain, à quelque distance appropriée du troupeau, je mis mon casque sur les oreilles et *Heroes* de David Bowie démarra ; dans un second temps, j'allumai un cigare Romeo y Julieta, un Mille Fleurs au goût terreux bien agréable, de mon briquet triflamme. Déjà, à mesure que la saveur puissante du tabac montait à mes narines, une exaltation fiévreuse s'emparait de mes sens ; il me semblait incarner une montée vers le ciel, une force, un élan solide projeté vers le cosmos.

Le troupeau de gnous s'étalait devant moi, offert, et je balayai les regards bovins jusqu'à en trouver un qui m'inspira assez pour l'éteindre.

J'y parvins ; je croisai une bête musclée, tendue ; je savais que sa bêtise et son inconscience du danger procureraient à sa mise à mort un plaisir délicat. Ou plutôt, je l'imaginais bien, cette jouissance de la domination implacable, de la loi de la jungle, tuer ou être tué, enfin s'affranchir des conventions de la société, de la civilisation, et donner libre cours à cette barbarie en moi, ce désir que j'avais, que nous avons tous peut-être, de dominer. Être enfin le plus fort, sans justification.

Elle s'effondra. La jeep fonça vers la carcasse et je tirai en l'air en hurlant comme un possédé ; mes chauffeurs firent de même. J'avais mal visé, hélas ; pris de soubresauts, le gnou traînait à se mourir. J'ouvris le coffre de la jeep et en révélai la masse contenue à l'intérieur, presque impossible à tenir par-delà mes épaules ; au même moment, les balles tirées en l'air retombèrent sur des groupes plus éloignés au sein du troupeau et ces meurtres jupitériens aux yeux des bêtes les emplirent de panique ; j'observai l'agitation. Mon cœur s'emplit de joie cruelle.

L'ombre que je formais sur la bête abattue, la masse tendue au-dessus de ma tête, était une sorte de long brachiosaure longiligne et infernal.

Entre mes rires et le bruit de la chair écrasée, je maculai ma saharienne de sueur d'excitation, de sang et de cervelle bouillie. Je dégueulai sur la carcasse, un trouble m'avait repris. Je laissai la masse par terre.

Frénétique, nerveux, jouisseur, dès la troisième bête achevée à coups de masse, mes mains ne tremblaient plus sous l'effort ; j'empruntai même le couteau d'un des chauffeurs pour égorger l'une d'entre elles et laisser couler le sang à travers mes doigts, maintenant son cou des deux mains. Bien sûr, je vomis souvent ; je goûtai à la viande crue et chaude, et vomis encore. Le goût métallique et chaud du sang me plut. L'odeur de chair brûlée et de poudre aussi, même si, entre les vomissements, la fumée, la chaleur, l'excitation, je peinais à trouver mon souffle et riais, nerveux, entre les bouffées d'air.

Épuisé, à la fin de la journée, je revins à l'hôtel, libéré de quelque chose ; je recherchai au fond de moi la culpabilité, ou le dégoût, je les avais cherchés avant cette petite expérience. Rien ne vint, même juste après, lorsque tout fut retombé, seul, la nuit.

À la place, il y avait comme la découverte d'une nouvelle évidence, un soulagement aussi, dont la portée tirait et tirait loin sans que j'en saisisse l'amplitude exacte. Tout m'apparaissait plus clair et plus cruel, plus net en somme, j'y trouvai un naturel et un calme insoupçonnés.

Je fus pris de panique d'abord, je pensais avoir trouvé le cul-de-sac, la fin du mystère en revenant, si on veut, de manière caricaturale, du fond des choses, comme on l'imagine parfois en regardant des reportages sur les hominidés ou le vertige qui nous prend à la vue d'un biface. Seules, peu à peu, exacerbées par l'attente et l'examen de cette panique, j'ai aperçu pourtant les nouvelles limites que j'avais prises comme toutes proches, à première vue. Tout un pan de ma vie ! Oui, un nouveau terrain de contemplation, d'étude.

Je le trouvai plus fade que ce que j'avais cru, plus dense et difficile à démêler aussi, moins caricatural, moins aisé à analyser. J'étais déçu, surtout, de ne pas arriver à comprendre ce mélange de déception et de surprise dans un premier temps, et de constater dans un second temps qu'en réalité cette chasse immonde ne m'avait pas coupé en deux, ou n'avait pas troublé la perception que j'avais de moi-même, mais juste étendu sur des zones inédites les questions qui me turlupinaient, plus encore raffiné les zones que je croyais, à tort, explorées dans tous les sens.

En fin de compte, le plus rassurant, c'est de voir qu'autour des actions irrévocables comme le meurtre des animaux, j'arrivais encore à éprouver un certain vertige.

39

Mes exploits ne tardèrent pas à chauffer à blanc les herbivores. Il faut dire que je n'avais rien fait de spécial pour m'en cacher ; au contraire, j'avais affiché, ostentatoire, mon goût nouveau pour les armes à feu et les cigares cubains, ce qui, entre deux toussoteries (je n'avais jamais fumé auparavant), me ridiculisa encore plus auprès de l'équipe. Pas tant que ça finalement ; le capitaine Lejeune me parlait cigares, et Falschfassung de ses expériences de chasse à courre en famille.

Yens me réveilla, me projeta hors de mon lit en me saisissant par le caleçon.

– Tu te prends pour Hemingway, fils de pute ?

Mal réveillé, j'affichai un rictus nerveux.

– Et il se fout de moi en plus !

Il se jeta sur moi. Je parvins à l'esquiver en pivotant et en rampant vers le couloir ; là, il me saisit par la cheville gauche, me traîna à lui ; il tenta de me retourner face à lui mais je savais que, s'il y parvenait, je finirais défiguré ; aussi je me contorsionnai et lui mordis la main pour éviter de me retourner, toujours à essayer d'atteindre le couloir où j'espérais me tenir aux barreaux de la rambarde et appeler au secours ; pris de panique, il avait fini par me dénuder en tentant de m'attirer à lui grâce à mon caleçon.

– Tu ne m'échapperas pas, Libski ! Bats-toi !

Pas question. Si tuer au fusil de chasse un gnou sans défense possédait quelque dimension virile, se battre contre un végétalien norvégien, à poil dans une chambre d'hôtel sud-africaine, n'avait rien de mythologique, au contraire. Si je comprenais bien la dimension viriliste de la bidoche, me battre à la loyale contre un bouffeur de pissenlits (et perdre) représenterait une humiliation dont je ne me relèverais jamais. Autant fuir, ruser, on mettrait cette réaction sur le compte de la diplomatie ou de la surprise. L'honneur serait sauf.

Je hurlai à pleins poumons, la voix enrouée de sommeil, aiguë de trouille. Manque de bol, seuls les autres herbivores accoururent. Amanda me tint par un bras, Erik par l'autre. Ces connards s'étaient groupés.

Ils me retournèrent ; j'étais nu, sans défense, et Yens s'avançait vers moi ; il se mit à me tabasser, une lueur de plaisir revancharde dans l'œil.

La dernière chose dont je me souvienne, ce sont les premières paroles de *The Book of Love*, chanté par Peter Gabriel. Mon radio-réveil disait que le livre de l'amour c'est long et chiant, et que personne ne peut soulever ce putain de truc.

40

Je repris connaissance dans une chambre de l'hôpital du Cap. Mon corps entier n'était qu'une plaie ouverte, mais je parvenais à bouger sans trop de difficultés. J'entendais le tapotis nerveux de Gon-Pa sur son smartphone plongée dans une partie de *Candy Crush*. Je glissai un œil dans sa direction : elle était assise au bord de mon lit, sur la table de nuit trônaient un smoothie au chou kale et une barre de céréales amandes-sirop d'érable. Ses petits seins frémissaient au gré de ses progrès dans le jeu. J'aperçus aussi un papier plié sur lui-même… un e-mail portant l'adresse de mon père !

Je me sentais coincé. Prisonnier. Capturé. À coup sûr, il allait me renvoyer à la maison. Je réfléchis à toutes les éventualités. Le numéro de ma chambre était le 420. Je devais être au quatrième étage. Sauter par la fenêtre, même si j'y parvenais, n'était pas une option valable. Me dégager des draps et courir ? Bouger la tête requérait mille efforts, et en plus, où retrouver mes effets personnels et une tenue décente ? Il ne me restait qu'une solution : tenter de trouver un complice.

D'une voix d'outre-tombe, j'articulai, la bouche pleine de craquelures :

– Gon-Pa ?

– Il est réveillé ! Infirm…

– Chut ! Tais-toi ! Écoute : je ne veux pas quitter l'expédition. Tu dois m'aider à m'enfuir. Tu vas m'aider.

– Mais ton père arrive cet après-midi.

Je la regardai avec des yeux intenses de chat implorant.

– Oh. D'accord ! Mais ça te coûtera un maximum. Même tarif horaire qu'au Japon.

– Pourquoi es-tu près de mon lit alors ?

– Je suis payée par les commanditaires de l'expédition.

– D'accord, d'accord. Trouve une solution pour me faire sortir d'ici !

Elle réfléchit en regardant, vive, autour d'elle. Elle se dirigea vers les placards près des toilettes et en sortit un fauteuil roulant pliable puis mit un sac plastique contenant une tenue correcte et mes effets personnels dans la pochette au dos de la chaise. Ensuite elle disparut dans le couloir.

Elle revint avec une panoplie complète de vieillard : robe de chambre en velours épais à carreaux couleur dégueulis, charentaises assorties, lunettes cul-de-bouteille et chapka dont seul un des rabats en fourrure avait survécu. Elle m'aida à enfiler le costume et à m'installer sur la chaise. J'étais assez fier de mes gémissements caverneux.

Elle devait courir assez vite vers l'ascenseur, sans paraître suspecte. Comme les hôpitaux sont le niveau didacticiel de l'*infiltration game*, personne ne nous jeta un regard ni ne s'inquiéta de rien. Dans l'ascenseur, les haut-parleurs diffusaient *Penny Lane* et je m'efforçais de baver un maximum, la tête de travers, les yeux torves. Nous arrivâmes au rez-de-chaussée sans encombre ; Gon-Pa me laissa près de l'entrée et dit quelques mots à l'accueil, un peu plus loin – elle avait l'air de promener un parent éloigné, après tout.

Une fois dehors, j'exultai. Tout s'était passé comme sur des roulettes ! Gon-Pa héla un taxi, siffla. L'un d'entre eux s'arrêta à notre hauteur. La portière noire s'ouvrit et un élégant Européen en sortit. Il était bien plus petit que moi et il parlait anglais avec un accent ardennais provoquant les rires du chauffeur.

– Enlève ce déguisement ridicule, fils.

Gon-Pa m'avait trahi, la bougresse. Mon père eut du mal à rester calme sur le chemin qui me reconduisait à ma chambre d'hôpital. J'eus droit à un sermon double caramel supplément chantilly. Tous mes hauts faits y passèrent, de mon an 0 à l'année courante, et des hyperboles ma bonne dame ! Les mains crispées d'ire, jetées en l'air, des veines palpitantes au front ! Les cent pas, l'œil d'acier planté dans mon cœur, gauche, droite, pivote, et les mains derrière le dos, le torse en avant, l'écume de rage au bord des lèvres ! Même les infirmières venues pour se plaindre du bruit, sans doute, et qui sans doute n'osaient pas entrer dans la pièce ni rien objecter ni même repartir ! Ah ! Une colère comme ça ! Quelques-unes restaient même au pas de la porte, fascinées par la portée de stentor de mon père.

À la fin, elles applaudirent, et nous quittâmes ma chambre d'hôpital. Nous en étions à nous frayer un chemin parmi la foule de badauds attirés par le spectacle : au bout de la masse d'infirmières, le reste de l'équipe de l'*Izoard* attendait, de part et d'autre du couloir. Falschfassung et Lejeune me tapotèrent l'épaule d'un regard triste et compatissant ; Gon-Pa imita Clint Eastwood d'un pioupiou de fusil imaginaire d'enfant, pouces et index tendus, un clin d'œil vers moi. Traîtresse. Yens me cracha au visage et on ne lui reprocha rien. Tshituka fit un signe de croix. Karoo, à poil sous son peignoir, avait l'air totalement perdu.

J'étais dévasté de devoir me séparer d'eux. Même mes ennemis allaient me manquer.

Une fois dans l'avion du retour, je rattrapai mon retard et lus un e-mail d'Eddy :

Cher Théo-Jim,

Ci-joint les photos découpées d'une graphiste noyée. Je l'ai installée, comme tu vois, tant bien que mal sur le tabouret, tant elle était raide à cause de l'eau, mais durant le shooting elle est tombée en avant.

Je me suis amusé à inverser et modifier en d'innombrables combinaisons.

Testes-en quelques-unes et dis-moi quoi.

Je n'ai pas bien compris ton dernier e-mail ; tu fumes le cigare maintenant ?

En tout cas voir des gnous te fera du bien, même si tu as raison : à force de les avoir vus dans des documentaires, le mystère perd de sa saveur. Je te fais confiance pour le déceler quand même !

Toute mon affection,

Eddie

Belgique

41

Lorsque j'atterris à Bruxelles, mon père tira son manteau vers le bas comme pour me signifier d'aller vite ; il ne dit rien, je marchai, j'allais bien sans doute. Il marcha devant moi sans se soucier de mon rythme ; il n'avait pas pris mon sac. Il me déposa à la maison, s'enferma dans son bureau, et j'entendis un tintement de cristal. Mère suivit, et j'entendis le bruit sourd de sa voix de père en colère. Ma mère n'avait rien dit.

Le soir, le dîner fut silencieux, rapide, les yeux bas sur la nourriture. On n'entendait que le bruit des mastications intimer leur travail laborieux à nos corps tendus ; je ne tentai pas un trait d'humour, pas un sujet ne s'invita entre nous. J'étais revenu à mon point de départ.

– Dès demain, je te trouve une université avec un poste de professeur et tu accepteras, peu importe l'endroit.

– Non.

– Quoi ? Après tout ce que tu m'as fait subir, tu oses me contredire ?

– Je suis venu pour te demander de l'aide, et tu m'as mis dans ce programme, à devoir faire EXACTEMENT ce que je voulais fuir, même si ce n'était pas conscient à l'époque. Est-ce que tu as la moindre idée, ce que ça fait d'avoir en soi les fils énormes de sa sensibilité, de sentir le vent, les feuilles, les souffles, les émotions une par une s'amplifier et s'ébattre en soi SANS RIEN POUVOIR FAIRE que les laisser s'écouler ? D'en être fatigué par le seul FAIT de leur EXISTENCE ? D'être à même de saisir en soi toutes les variations de la déprime, de la joie, du désir comme un livre des sables d'un spectre qui s'approchant se multiplie, jusqu'à avoir la nausée, vingt-quatre heures sur vingt-quatre ? Est-ce que tu sais ce que ça fait ? TU sais ? D'être… impuissant à soi-même et au monde en MÊME TEMPS ?

Mon père ne dit rien, il mangea sa soupe en aspirant le liquide à grandes lampées bruyantes.

Alors que je faisais mon lit, énervé d'être trop fatigué pour le faire (bah oui, on n'avait pas prévenu la bonne), Horace Libski me proposa un verre de whisky écossais qu'il gardait pour le Noël de ses amis. Lagavulin de l'année de sa naissance.

Il s'assit sur mon lit pas fait, d'un air d'autorité désolée. Je restai debout devant lui, le bras libre croisé sur ma poitrine, un sourcil levé.

– J'ai été un père médiocre.

– Quoi ? Tu…

– Laisse-moi finir.

Il ne me regardait pas. Il regardait ses chaussures.

– Si… Attends.

Il posa son verre de whisky à ses pieds et disparut ; il revint avec une boîte en carton, comme celles où les reprographistes empilent les mémoires d'étudiants ou une tonne de photocopies. Il me tendit un mince fanzine à double agrafe. *Ruines n° 5, revue de création littéraire.* Je regardai mon père, un air de *what the fuck* sur la tronche. Il ouvrit le magazine à la page 2, l'édito.

– Lis-le.

Blabla l'écriture c'est ceci ou cela, vous découvrirez les textes de X ou Y… Signé *Horace Libski, première candi de philologie romane.*

Non. Impossible. Je relus le nom vingt fois histoire d'être sûr… Pas de doute. Mon père, poète. Rédac-chef d'une revue de poésie moisie. En philologie romane. Quand ? Où se glissait cette année-là ? Avant Sciences-Po et le droit et le Collège de Bruges ?

Il regardait ses chaussures, puis différents bibelots de la chambre.

– Tu as lu Ponge, sans doute. *Le Savon*, de Ponge. Magnifique. Brillant recueil.

Il avait repris son verre en main ; maintenant il était debout ; dos à moi, il grattait l'arête de mon bureau avec l'ongle du pouce.

– Neele me disait que je serais plus grand encore que Ponge ou Izoard. Elle me regardait de ses grands yeux turquoise globuleux, prenait mon visage entre ses mains osseuses et blanches, et elle avait l'air plus convaincue que moi.

Ma mère s'appelait Marianne et franchement possédait une paire d'yeux bruns très ordinaires.

– Pff. Tu te souviens de Martial ? Non tu ne peux pas, il est mort tu avais… deux, trois ans ? Un ami à ton grand-père.

Je ne l'avais pas connu, mon grand-père paternel. Un portrait de lui, en noir et blanc, traînait dans le salon. Un homme trapu, solide, l'œil froid, en costume de l'École royale militaire. J'avais longtemps cru que c'était un portrait du président Taft.

– Ton grand-père m'a envoyé de force dans son bureau, tout de bois précieux. Il était parlementaire ; nous avons discuté.

Il continua de gratter l'arête de mon bureau un moment. Il revint vers moi. Il me prit par les épaules.

– Souviens-toi, tu l'as voulue, la philosophie. Je ne peux plus t'aider à grand-chose. C'est comme ça.

Il reprit la bouteille de Lagavulin et les verres vides, mais avant de partir tout à fait, dans le cadre de porte, il se retourna.

– Tu veux bien essayer les postes de professeur ? Pour ta mère. Elle, elle ne comprend pas. Elle s'inquiète, et comme d'habitude elle se fixe une lubie en tête… Elle veut un chien.

– Un chien ?

– Un chien.

Le lendemain, mon père fit une remarque acerbe sur l'heure de mon lever ; il lisait le *Diplo* et ma mère parla de shiba inu pendant toute la durée du brunch dominical.

Arnold

J'accompagnai ma mère chez l'éleveur, qui la contraria ; il n'y avait plus de shiba, ni de portée prévue avant plusieurs semaines. D'autant qu'à cause d'une erreur comptable, la place dans la liste d'attente dévolue à ma mère avait été transférée à une autre bourgeoise stupide. Ma mère la connaissait, et l'appela : Fabienne Vandeputte avait accueilli Pépite chez elle hier. D'abord cordiale, la conversation avança vers des terrains minés où, à coups d'arguments souriants et d'adjectifs doucereux, le destin du pauvre clebs vacillait d'une maîtresse à une autre. J'entendis d'abord des phrases plus sèches, puis un murmure guttural les dents serrées, puis carrément des hurlements et l'élégant « traînée » toujours de bon ton dans des cas pareils.

L'éleveur secoua la tête avec moi.

– C'est votre femme ? Bon courage.

– Nan c'est ma mère !

– Oufti, pauvre pey. Si je te dis qu'il y a une portée au refuge Sainte-Agnès de Woluwé, tu iras ? Le pedigree n'y est pas mais ça à la gueule d'un shiba, c'est sûr. Tiens je te note l'adresse.

Tel un amant pressé il saisit mon avant-bras et griffonna au feutre les chiffres et les lettres idoines.

– Reste plus qu'à convaincre la mère.

– J'te plains, gamin. Allez, va la calmer ! Elle a ses rouches nan ?

– Pardon ?

– C'est rien, c'est rien…

Je proposai de faire comme dit l'éleveur ; après moult objections à base de « Fabienne crèvera » et « Pas de chien bâtard chez moi », elle dut ajuster son désir à l'ampleur de ses frustrations.

Nous avions sauvé de la mort un chiot à peine sevré, à peu près shiba, à peu près labrador d'après la responsable ; ma mère l'appela Arnold, en référence au self-made-man tour à tour Autrichien misérable, Mister Univers, Terminator, Mister Freeze et gouverneur de Californie marié à une Kennedy. Puis de nouveau Terminator.

Bien sûr, « comme je n'avais rien à faire », l'éducation d'Arnold me fut confiée. À moi les joies du dressage canin et les stages, les promenades au lever du jour et autres conneries. Arnold était mignon mais pissait partout, chiait selon le même modus operandi et s'effrayait d'à peu près n'importe quelle activité autour de lui qui ne fût pas immobile. L'apprentissage fut long.

Pris de coups de flemme aigus, je n'allai pas aux stages de dressage canin en groupe auxquels ma mère avait inscrit Arnold. Je regardai à la place des saisons entières de *The Dog Whisperer* où Cesar Milan corrigeait des relations humain(e)-chien défectueuses. Il répétait « You have to be the pack leader » et « A dog needs exercise, discipline and affection in that order ».

Tous mes efforts dans ce sens étaient ruinés lorsque mère revenait de son cours de Pilates ou de son entraînement de whist ; elle cédait à tous les caprices d'Arnold. Un bout de saucisse par là, une assiette presque pleine de pâtes par ici, je dus même opérer un vol plané pour empêcher qu'Arnold ne dévore une praline de la main de ma mère, cette assassine inconsciente.

Pourtant, un jour – et ce à force de séances répétées de stimuli-récompenses et de promenades à ma hauteur et à mon rythme, sans parler de toutes ces fois où je ne donnais de la nourriture à Arnold qu'après mon repas, en barrant l'accès de ma main et en attendant de lui donner l'ordre « À table » qui disait civilement l'autorisation à la ripaille –, Arnold refusa un cadeau de ma mère sur simple invective de ma part. Elle eut beau agiter sa demi-tranche de jambon cuit sous son museau, il ne broncha pas ; certes, on voyait le supplice qu'il endurait dans son regard avide, mais il tint bon.

Dès lors, mon emprise sur Arnold fut totale et, ce qui fâcha ma mère a un degré inexcusable, il ne sembla apprécier que mes marques d'affection. Ni mon père ni ma mère n'existaient pour lui, sinon comme de vagues boules d'odeurs errantes à mes côtés de temps à autre.

Arnold s'endormait en serrant une poupée Schopenhauer contre lui – une poupée au crochet que je lui avais offerte à son arrivée, imbibée de l'odeur de sa mère – et haïssait les tuyaux d'arrosage, aimait s'asseoir sur le Kärcher du garage lorsque je devais nettoyer les dalles de la terrasse, et mettre sa tête entre les sièges de derrière lorsque, installé dans le coffre, il m'accompagnait faire les courses. Et ce, même si cet acte de rébellion lui valait une réprimande.

Je m'étais endormi en slip sur le canapé du salon (que voulez-vous l'été a ses manières) devant Belgique-Santorin après le neuvième but en seconde mi-temps de Lukaku. Un

Orval de trop, sans doute. Arnold me servait de bouillotte, somnolant sur mes genoux.

À mon réveil, tôt le matin, au sein de cette lumière bleuâtre en train de prendre ses quartiers, je n'aperçus pas Arnold. Je l'appelai ; rien.

J'allai le quérir dans le jardin où se trouvait sa niche, mais je m'enfermai dehors. Feuque. Impossible de réveiller les voisins ; mon père les détestait, moi aussi. Tant pis. Il ferait bientôt plus chaud et mes parents se lèveraient dans quelques heures. Je n'aurais qu'à résister aux températures les plus froides de la nuit, comme un grand.

Je décidai de revenir à mon objectif de départ ; j'appelai Arnold encore ; j'eus pour toute réponse un faible cri tiré de la niche.

Je mis ma tête à l'intérieur, forcé de me tenir à quatre pattes. Arnold vint et me lécha timidement le visage, en gémissant, l'air de dire « C'est la merde, aide-moi », le regard bouffé par ses yeux implorants.

Je vis bientôt une tache rouge sur sa patte avant gauche ; je l'examinai, il gémit, retira sa patte ; j'eus le temps de voir une grosse écharde, bien vilaine, enfoncée d'au moins deux bons centimètres au-dessous des coussinets. Où est-ce que tu t'es fourré, mon vieux ? Et comment t'es sorti ? Rien n'était ouvert !

– Ça va faire mal… Allez je compte jusqu'à trois. Trois !

Il hurla mais l'écharde était retirée. Il me lécha le visage comme un fou furieux, ravi de ma médecine de film d'action, et je me sentis comme cet esclave qui échappa à la mort en retrouvant dans l'arène le lion qu'il avait sauvé, jadis, il y a deux mille ans à Rome, d'une écharde.

Le froid de l'aube envahissait l'habitacle de bois de chez Mr Bricolage.

– Bon, tu vas me servir de bouillotte à nouveau.

Je me serrai contre Arnold, essayant de tempérer les frissons qui commençaient à poindre ; compréhensif et docile, Arnold me réchauffa du mieux qu'il put, et j'eus des hallucinations référentielles mêlées de Balto, Rintintin, Lassie et Krypto le chien de Superman. Je rêvai de Flipper le dauphin, curieusement coiffé d'une chapka pleine de trous, du rouge à lèvres violacé autour de la gueule, l'aileron tranché et sanglant ; bercé par la respiration monotone d'Arnold, je m'endormis.

Arnold aboya ; mes parents étaient levés et je sortis de la niche en trombe, Arnold sur mes talons.

– Tu pues le clebs ! Qu'est-ce que tu foutais dans la niche ?

Eddie m'envoya un polaroid par la poste. Son mot disait : *C'est le plus lamentable come-back d'une mode en photo, on me l'a offert et je ne sais pas quoi en foutre. Have fun, toi qui as du temps maintenant, Affectueusement, Eddie.*

Je me photographiai, moi et mon slip, et mon odeur de chien déprimé, et lui renvoyai le tout avec écrit au dos de la photo : *Ne suis pas ta poubelle artistique. Stop. Merci quand même. Stop.*

Gon-Pa me filait des infos régulières ; ils suivaient désormais la migration de l'autre espèce de gnous, celle que je n'avais pas décimée. Je me foutais de ses petits mails gentillets probablement commandités par les investisseurs de l'expédition. Je ne supportais pas non plus de m'avouer qu'en réalité, sa trahison la rendait encore plus désirable à mes yeux. Je répondais par des monosyllabes.

Falschfassung, lui, m'appela, carrément :

– Alors, Libski, wie geht's ? Depuis votre départ tout est d'un ennui mortel ; le Norvégien ne parle que de vous et réussit à grand-peine à vous diaboliser ; Robert et moi-même tentons bien d'expliquer votre démarche : vous vouliez ressentir le frisson de l'aventure, tel un colon patenté, imbu de sa supériorité d'homme blanc, n'est-ce pas ? Un jeu, en somme. Un jeu barbare, un jeu inutile – qu'est-ce que l'utile, nicht wahr ? – mais un jeu.

– Pas vraiment en fait…

– Oui, je me demandais, égoïstement, vous revenez quand ?

Il ne m'était jamais venu à l'esprit que je pourrais revenir.

– Donnez une date, que mon impatience s'ébroue.

– Je n'en sais rien, Falschfassung, je pensais que…

– Que quoi ? Qu'on vous laisserait filer ? Vous êtes sous contrat, mon ami. Votre père n'y peut rien, il a signé. Et rien ne vous retient chez vous, n'est-ce pas ?

J'eus une pensée tendre pour Arnold.

– Je vous rappelle bientôt.

– Attendez, Libsk…

Je raccrochai. J'observai la niche par-delà la cuisine où se tenait le combiné immobile ; perdu, j'analysai toutes ses coutures, je devais y trouver quelque chose.

Une idée germina en moi. Une idée simple, si simple, si parfaite, née de mon aube de niche et de chaleur canine ; une idée fraternelle, une idée de meute, une idée incongrue qui me vaudrait le mépris parental. Une idée géniale. Arnold serait mon guide, mon lama Dorjé, mon Trungpa, mon Keanu Reeves, mon Morpheus pour la prochaine étape de mon voyage. Pour la gloire, je le pris en photo, mais de dos, on ne voyait que sa queue levée vers l'aventure, le bleu du ciel sur lui et son cul bordé de pelage blanc.

Mon homme de maison favori, mon seul ami dans cette maison familiale, prison dorée s'il en est, s'employait à étendre le linge.

– Alors, toujours à la maison ? Tu es dresseur canin maintenant ?

– Non, je m'occupe. Je dois retourner à l'expédition, mais je ne sais pas, quelque chose me retient…

– Toi tu aimes ton chien, hein ? J'en ai eu un aussi, j'avais sept ans, pour mon anniversaire. Il est mort quand je suis entré à l'université. Je suis revenu un week-end, et mes parents étaient allés chez le vétérinaire ; j'ai pas pu lui dire au revoir.

– Il souffrait ? Ils l'ont…

– Oui, il avait du diabète, et puis il était trop gros.

J'imaginai le pauvre Arnold, assis sur un de ces fauteuils électriques pour obèses morbides, dans les documentaires.

Jean-Paul, cet homme de ménage fabuleux, replia le linge et s'en alla en sifflant, comme si évoquer un souvenir tragique ne l'affectait qu'à peu près ; j'admirais son détachement. Il me fallait toujours un temps fou pour que, à force de distractions et de travail, cette langueur douloureuse dans l'estomac s'estompe et disparaisse, dès le moment où une mauvaise nouvelle, un rejet, un obstacle, me tombait dessus, tiré du hasard à coup de canon.

J'admirais aussi son *thunderbutt*, visible jusque sous son jean. Le fameux creux des fesses lorsqu'on les contracte, si dur à obtenir si on se lance dans les squats et autres Pilates. Ce qui me fit penser, encore, à Gon-Pa.

Je pensais beaucoup à Gon-Pa, à Joseph le messie vegan, à Eddie et son memento mori géant, à mon père qui ne pouvait rien pour moi.

Je passais de plus en plus de temps à promener Arnold ; parfois, je partais le matin et, sans que je m'en aperçoive, la luminosité baissait et mes yeux accusaient le coup ; je comprenais alors cette longue balade, son amplitude. À certains moments, je n'avais ni faim, ni soif, ni pensée particulière, je marchais avec Arnold à mes côtés sans m'accrocher à rien que mon propre souffle, le sien, faible vibration cognée un mètre sous moi, le régulier battement de ses pattes contre le trottoir.

Une nuit, je ne parvins pas à dormir ; Gon-Pa m'obsédait encore, sans raison particulière, je l'imaginai avoir de l'intérêt pour moi, discuter, rire de manière tendue et sensuelle, comme en attente de quelque démarche plus vive de ma part ; nous étions en noir et blanc, moi je portais un feutre pareil à Humphrey Bogart ; elle, vêtue comme Lauren Bacall dans *Casablanca*, me fixait de ses yeux en amande, occupée à suçoter la paille d'un Cosmopolitain ; j'intimai au pianiste noir de jouer un air de l'album *Time Out*, impossible de déterminer lequel.

Je fumai un énorme cigare, un Churchill plus long que l'écart entre mon poignet et le bout de mon index ; cette fumée épaisse, lourde, à l'odeur de terre brûlée, de piment et de sucre cuit s'employait à porter mon délire un peu plus loin. Le café ressemblait à cette fenêtre inexistante des plans de côté, où un couple, face à face, se détache du reste du monde sans rien faire ni échanger un mot.

Je souris, et un ploc sec du frigo de la cuisine me rattrapa et fit dégringoler l'image. Je me levai et allai regarder Arnold dormir. Les pattes pliées comme une licorne en plein vol, la langue déroulée, il respirait doucement.

Il s'éveilla, mon odeur sans doute, et sembla me demander ce que je foutais là, d'un air bienveillant et curieux. Je m'allongeai, me blottis contre lui et je m'endormis. Au réveil, je me sentis libéré, frais, tranquille. Je le pris en photo alors qu'il dormait encore.

Père partit au Japon pour quelque raison ; mère passa cette période à Boston chez une amie. Je priai Jean-Paul de laver mon linge à tel endroit, plus chez nous, en couvrant ses frais et sans donner plus d'explications qu'un gros pourboire-ferme-ta-gueule.

Quant à moi, pris à une espèce de jeu de piste, j'observai Arnold dans tous ses déplacements, via les caméras de sécurité de la maison. Où il allait, s'il dormait beaucoup, quand il mangeait et en quelle quantité ; plus loin, je fis une carte de ses déplacements, à l'intérieur comme à l'extérieur, en promenade à mes côtés ou non. Je découvris qu'à 3 h 30, toutes les nuits, il s'en allait via la fenêtre de la cave. Mal conçue, elle ne fermait jamais vraiment. Comme il s'agissait d'un lieu réservé au personnel, pas question d'y investir quoi que ce soit, dixit maman.

Il revenait un peu moins de deux heures plus tard, les pattes boueuses. Il s'essuyait, à son retour, sur le paillasson de l'entrée et prenait soin de nettoyer son pelage. Il en retirait, je crois, quelques plumes.

Je décidai de mettre en œuvre la suite de mon plan. Je transpirai grâce à une corde à sauter dans un hoodie épais en velours et un pantalon de yoga fluo ; j'y passai des semaines entières sans me laver, à courir, marcher, monter et descendre les escaliers, boire au robinet du jardin, pisser en levant la jambe et chier en accroupissant mon derrière, tout cela à quatre pattes, les mains nues, les pieds nus, sur l'herbe comme sur le sol le plus rocailleux.

Je me rendais un peu partout : dans la forêt, sur un terrain en construction, un sentier de randonnée, un parc, une plaine, les trottoirs, etc. Si on m'interrogeait, je disais venir de la Cambre et faire là une performance.

Mes mains et mes pieds finirent, au bout de plusieurs semaines, par s'endurcir, malgré des débuts ensanglantés et douloureux. Mon dos se renforça et, même, la station assise, ou debout, me devint inconfortable.

Je dormais sur un matelas de plage dégonflé, à côté du panier d'Arnold.

Il aimait beaucoup se promener avec moi, maintenant que j'étais à peu près à sa hauteur. Il restait derrière moi et je finis par manger la même chose que lui, toujours en premier. S'il touchait aux croquettes avant moi, je grognais et le poussais jusqu'à ce qu'il montre son ventre, les pattes en l'air.

Nous jouâmes souvent à tirer la corde avec la mâchoire, nous pourchasser, ou nous battre pour de faux. Je remarquai ce qu'il reniflait et pourquoi, le sens des mouvements de ses oreilles, finis par anticiper sa fatigue, sa faim, sa joie ou son inquiétude.

Un soir, avant sa sortie habituelle, il me réveilla en aboyant. Je devais le suivre. Par-delà le jardin, quelques pâtés de maisons et un parc, nous arrivâmes devant une grille obscure ; il y avait creusé un trou, et il passa dessous ; je dus creuser un peu plus, et passai aussi. Que tout cela était excitant ! J'étais chef de meute, tel un Mowgli renaissant de la jungle urbaine, apportant à ses frères loups la peau du tigre malfaisant, portant la carcasse évidée du tigre au-dessus de sa tête, triomphateur de l'ennemi au nom de lois sans verbe ni codex !

J'entendis des poules caqueter ; mon cœur battait la chamade. Une lampe de poche s'alluma, instinctivement je tentai de m'échapper, tandis qu'Arnold, sans comprendre, fila droit devant, vers la source. Un coup de feu retentit, manqua mon chien la première fois ; je hurlai ; le type prit peur, sans doute, je me retrouvai à serrer Arnold, moi, mon pantalon de yoga fluo plein de boue, mes mains calleuses et mon hoodie en velours puant, à serrer Arnold, mon chien, mon pauvre chien qu'est-ce que c'est que cette merde ? Cette merde c'est moi monsieur, Arnold, Arnold tiens, voilà, j'enlève le sang de ta gueule avec ma manche, je suis désolé, j'ai pas voulu, je t'aimais mon chien, tiens, si j'étais pas bizarre t'aurais été mardi au toilettage, avec un bain chaud à bulles, le grand luxe, tous les steaks du supermarché mon vieux, et tu pourras mettre ta tête entre les sièges de l'auto tant que tu veux, même avec le sang, c'est pas grave, c'est des taches c'est pas grave, et la lampe de poche qui me crame la gueule, c'est pas grave tiens, j'y peux rien, de mes larmes j'y peux rien mon chien. Pardon d'avoir été bizarre, pardon. Pardon. Pardon.

Le Rambo de la ferme du coin en fut bien désolé mais bon, son avocat parla d'effraction, de tentative de vol et moi de meurtre, ce qui le fit rire. On tira tout ça au clair, à l'amiable, et mon père tira une liasse de billets.

Mon père ne dit rien ; il afficha un regard d'abandon lassé. Ma mère passa trois jours à chercher le meilleur cercueil sur coffinsforpets dot com. Jean-Paul admira mon courage.

– Tu as vécu comme un clébard pour ton clébard. Chapeau.

Je m'enfermai dans ma chambre, et j'écrivis le récit de ma vie avec Arnold, mes méthodes, mon engagement et, bien sûr, la fin tragique. Juste pour moi, pour me rappeler. À sa mémoire. J'achetai un carnet Moleskine affreusement cher, exprès. Noir lustré et brillant, magnifique, reliure japonaise.

Mon père débarqua en trombe dans ma chambre où, par habitude, je chiais encore accroupi dans un seau.

– Bon, tu arrêtes tes conneries, tu réintègres l'équipe. Tu es devenu un phénomène de foire. Tu pars demain, ils sont dans un zoo de la côte Est des États-Unis.

Mon père soupira et fit un rapide résumé de ce que j'avais loupé. Le dernier pigeon migrateur allait être abattu.

États-Unis d'Amérique

42

Les pigeons migrateurs avaient été décimés en quelques décennies, voilà à peu près un siècle ; en grandes nuées opaques – Mark Twain parle de « plaie d'Égypte aviaire qui, passant de l'Atlantique au Pacifique par-delà les lacs et les Rocheuses, dissimulait le soleil » – ces oiseaux plus élégants et plus malins que le pigeon commun fournissaient un repas facile ; une balle tirée en l'air, au hasard de leur venue, assurait un dîner copieux et goûtu. Volaille courageuse pourtant, capable de voler toutes ces heures, d'avaler tous ces kilomètres, et de voir peu à peu sa population grignotée jusqu'au dernier couple, enfermé dans un zoo, et dont le rejeton consanguin attendait dorénavant d'être piqué sous mes yeux, dans le zoo municipal d'une bourgade oubliable de l'Ohio.

J'imaginai tant et tant m'interposer, prendre la piqûre à sa place, emmener le pigeon chez moi et lui offrir une retraite paisible ; ils s'offusqueraient tous, et je courrais en hurlant un truculent NOOON, ma poitrine offerte en sacrifice à l'aiguille du vil employé de zoo à qui la tâche ingrate d'ôter la vie à ce pigeon attardé par un patrimoine génétique déficient avait été confiée, sous l'œil des caméras et journalistes du monde entier qui en feraient leurs choux gras.

En vrai, le tout fut assez triste. Un soigneur injecta une substance transparente au pigeon puis le maintint attaché dans un vivarium octogonal, couché, sur une sorte de lit de condamné à mort miniature. Nous étions, à tout casser, une vingtaine à le regarder mourir. Seul, attaché dans un vivarium posé à hauteur d'yeux, sur un support pliable.

Je ne bougeai pas et laissai l'animal quitter ce monde, sans cesser de penser à Arnold et sans retenir mes pleurs et le rouge affreux, maquillage de la désespérance, embellir mon visage de morve et d'une atroce amertume teintée de culpabilité et d'angoisse existentielle, pour ne pas changer.

Yens me tapa dans le dos ; il portait un air faux à la tronche.

– Alors, Libski, on a quand même des sentiments pour les animaux au final, hein ? Et les gnous ? Tu as pleuré pour les gnous ?

Ce connard de hipster portait maintenant un bouc d'étudiant aux Beaux-Arts, loin de sa barbe fournie de jadis.

– Les gnous tu t'en fous hein ? Tout ça pour ton petit plaisir de riche fifils à son papa hein ? Hein ? Hein ?

Amanda le retint par l'épaule.

– Laisse, Yens, il n'en vaut pas la peine.

Je les comprenais, au fond. Si je leur avouais que ce pigeon me touchait surtout parce que Arnold était mort, ils me ressortiraient le couplet sur le spécisme, comme quoi j'accordais plus d'importance à un chien qu'à une vache, que l'animal de compagnie c'est aussi une forme d'exploitation, etc. Franchement leur argumentaire est imparable, je n'ai rien à en dire. D'habitude je prenais du recul pour m'éloigner de mes affects et relativiser mes misères, je montais l'échelle cosmique. Pourtant, ce jour-là, l'énergie me manquait. Bye échelle cosmique, je t'aimais tu sais. Tu avais réponse à tout et même des pistes de bonheur. Là je n'ai plus la force de monter les barreaux. J'étais content de revoir les autres, mais le souvenir d'Arnold me pesait. Je m'écartai et remis les retrouvailles à plus tard.

Tout bon citoyen du monde éclairé doit boycotter les zoos ; je continuai mon contre-pied à la bienséance et décidai, malgré mon dégoût de toujours pour ces mouroirs à bestiaux sordides, d'y faire une petite visite en solo.

D'abord je regardai un spectacle où un perroquet blanc faisait du monocycle. Je me sentais un peu mieux, au milieu des spectateurs, dans les gradins. Le perroquet avait l'air heureux. J'achetai ensuite une glace italienne recouverte de poudre de cacao et je la léchai jusqu'à la fin devant l'enclos des lions. Il y en avait un, fou, neuroatypique, enfin je me comprends, qui tournait en rond, traçant sur le sol un cercle, remarquable par sa nature sablonneuse, sans vie, sans herbe, et sa profondeur ; un sillon que le lion parcourait encore et encore. Déprimé, je quittai ce félin maboul pour l'enclos de l'ours polaire, guère plus grand qu'un vingt mètres carrés living-cuisine-dodo-micro-ondable avec chiottes en guise de table de nuit, mais l'ours était fou lui aussi. Les pattes arrière à tremper dans l'eau, assis sur son iceberg en plastique, il me faisait face et dodelinait de gauche à droite, sans un bruit. Sans se lasser. Il aurait pu servir d'horloge. Je me rendis vers les capucins, espérant trouver auprès de mes cousins simiesques quelque jeu amusant ; peut-être un concours de lancer de caca ? Rien de tout cela ; le groupe, affalé à l'ombre comme autant d'Homer Simpson en rang d'oignons, respirait mal ; le dernier d'entre eux, zombifié d'une manière bien particulière, grimpait un mât attenant aux barreaux, restait au sommet quelques secondes, l'œil vers l'horizon, descendait, nerveux, puis remontait tout aussi vif, après une pause ; le manège continuait. Je jetai mon cornet évidé par terre en hurlant, et une mère affolée m'adressa un regard d'indignation offusqué, type bourgeoise américaine.

J'étais prêt à tout me faire pardonner. Quel était mon but, déjà ? Ressentir de nouvelles choses ? Tester l'enculé en moi ? Je n'en pouvais plus. Au diable la quête de moi-même, au diable ces conneries métaphysiques, elle était super ma tâche de masturbateur du logos, de branleur du discours, de gang bang des mots et du pot aux roses intellectuel ! On y est bien là-bas, à rien foutre avec le langage.

Je courus vers Yens, déterminé à m'excuser.

– On est pressé de voir sa pièce hein ?

– Ma quoi ?

– Ah, allez, je sais que le bon vieux philosophe allemand t'a tout raconté. C'est moi qui joue ton rôle ! Assieds-toi, la répète va commencer.

Jadis, trente minutes auparavant, cette scène et ses gradins s'occupaient d'un perroquet blanc à houppette jaune sur un monocycle. Désormais, je devais regarder du théâtre.

LIBOWITZ EN VOYAGE, PIÈCE EN TROIS ACTES (j'ai mis une typo dégueu parce que je les hais)

(Trois coups frappèrent. En plus ils étaient ringards.)

THÉODOSE-HENRI LIBOWITZ

Moi, Théodose-Henri Libowitz, après mûre réflexion, ai décidé de partir observer le monde sauvage.

HORATIO MARIE RÉGINALD FONSECO
DE LA VEGA LIBOWITZ (*d'une voix éraillée*)

Va, fils, j'ai foi en toi ! Honore le blason ténébreux et éternel des Libowitz ! Éblouis de ta science et de la félicité de tes sentiments tes compagnons de voyageuhhhhh !

Amanda hurlait dans un mégaphone en carton recyclé :

– Ça va pas du tout, on reprend. Yens, tu veux un verre d'eau ?

– Oui oui, je veux bien.

– Bon, on laisse tomber la scène 2 de l'acte I, on reprend à la scène 4 de l'acte III où Falsificazione rencontre l'orque télépathe.

Amanda s'écarta du plateau et laissa jouer.

Acte III, scène 4

FALSIFICAZIONE

Vous savez, Libowitz, ce n'est qu'un animal au fond. Descartes ne dit-il point : « Est-ce là le réceptacle d'une machinerie sans âme, d'un regard vitreux dont le reflet parcellaire s'évanouit dès qu'on y touche ? » En allemand : « Ist das das Rezeptakle von eine seelelos Machinerie, eine blöde Blick dessen der parzellär Spiegel geht weg an der Moment einer Kontakt ? »

– Ça va pas du tout, là. Même moi je sais que c'est de l'allemand de carnaval. Ça sonne comme un cul.

– Non mais Amanda on a traduit via Google, on s'est dit que comme il était devenu italien, n'était plus allemand, des fautes ça pouvait coller…

– C'est quoi, ce travail, Yens ? Bordel je peux pas travailler, là. Et son nom italien c'est du même tonneau.

J'étais rassuré. La pièce censée m'humilier, vaguement inspirée de ma vie (mon père avait une barbichette et des sourcils d'empereur communiste maléfique), se cassait la gueule. Falschfassung me tendit une bouteille d'eau de coco. Il s'était installé à côté de moi, dans les gradins.

– Navrant, nicht wahr ? Ah Libski, on peut dire ce qu'on veut à notre sujet, nous sommes trop extravagants pour être caricaturés.

Qu'est-ce que j'aimais ce type, finalement.

– Venez ! On a prévu quelque chose. Laissons ces cuistres à leur pathétique décadence.

Dans un petit local cafétéria, jouxtant l'entrée du parc, Gon-Pa la parjure, Lejeune, Tshituka, Jonquille et Karoo le peintre m'attendaient, avec au milieu de la table un énorme fromage d'Orval, des bières du même nom et un merveilleux au spéculoos. Ils applaudirent. J'en eus les larmes aux yeux dites donc.

Je les saluai tous, ils étaient souriants.

Je mangeai une tartine épaisse et but deux Orval ; ils avaient même dégoté un verre typique, merde alors.

– Bon, maintenant que vous êtes calmé, je tiens à répéter qu'en toute honnêteté nous on s'en fiche, que vous ayez massacré un troupeau de gnous. Ce sont les théâtreux qui sont en colère, et les scientifiques se foutent de votre cas tant que la thune continue de financer l'expédition. Enfin, sauf Erik le végétarien bien sûr. Maintenant, c'est vrai, nous on ne le comprend pas. Pourquoi diable avez-vous joué au colon sans pitié ? Vous qui pleurez pour une baleine, un phoque, même un pigeon, pas plus tard que tout à l'heure ! Avouez, c'est curieux. Expliquez-nous.

Je leur expliquai que j'avais voulu *voir ce que ça faisait*. Que, pour une fois, m'autoriser à aller à l'encontre des choses à faire et à dire, de la bienséance, je devais le faire. Je me sentais idiot, en fin de compte. Je n'avais pas éprouvé de culpabilité démesurée ou de malaise terrible comme je l'avais escompté. Non, plus une étrange vision intérieure, une affreuse découverte : ce n'étaient là qu'un nouveau champ des possibles, un nouveau terrain de pensée et d'action, un nouvel angle sous lequel voir le monde. Massacrer les gnous m'avait montré comment on peut voir le monde après avoir tué un animal sans raison apparente. Pas plus, pas moins. Et j'étais déçu.

Ils s'arrêtèrent un moment. Puis ils sortirent leurs portefeuilles et tendirent quelques billets à Falschfassung. Je ne comprenais rien ; l'argent compté et empoché, l'Allemand m'expliqua :

– Nous avions parié sur le contenu de votre explication, Libski ! Merci, grâce à vous me voilà nanti d'un petit pactole.

Le capitaine Lejeune avait misé sur une prise de drogue accidentelle. Gon-Pa sur le désir d'imiter Hemingway. Karoo avait pensé à une performance artistique. Jonquille à une tradition familiale liée à la chasse. Tshituka, qui savait plus ou moins la vraie raison de mon envie de tuer des gnous, avait proposé de parier. Falschfassung était tombé juste : il avait proposé une expérience philosophico-sensorielle où je me mettrais à la place d'un enfoiré lambda, loin de mon empathie naturelle. Ils avaient tous attendu la vraie raison, celle que je débiterais moi-même. Ils détestaient les herbivores au moins autant que moi.

Falschfassung fit pétarader une bouteille de champagne.

– Quoi qu'il en soit, Libski, peu importe votre délire, on est avec vous. Nous détestons tous les moralisateurs à deux balles. Skoll !

Santé !

– Tshituka, ça te gêne, cette histoire de morale ?

– Non, j'ai toujours trouvé que jouer les moralistes, c'est se substituer à Dieu.

Sur ces bonnes paroles, il découpa les tranches de merveilleux, de sorte à ne pas faire s'effondrer la meringue ni abîmer la chantilly.

Gon-Pa souriait, en silence. Je décidai d'être honnête. Alors que tous les autres sortaient rejoindre les théâtreux à la fin de leur répète, je la pris à part.

– C'est difficile, tu sais. Je t'en veux de m'avoir vendu à mon père, et en même temps tu m'attires, c'est vrai. J'ai cru que… Ce n'est pas ta faute, bien sûr. C'est moi qui… Disons que ça m'est toujours tombé dessus, là je ne faisais pas grand-chose. Je voulais tenter de t'impressionner, de parler, je crois…

– Tu me rappelles ces clients qui, après le dîner, veulent plus. Je les trouve presque comiques, à s'imaginer une mystique là où il n'y a que mon travail. J'étais obligée de te mentir, en Afrique du Sud. La compagnie de location d'amis que je représente, ils ont investi beaucoup d'argent dans cette expédition autour du monde, grâce à ton père. Ils comptent sur mon professionnalisme. Comme j'ai vite remarqué ton béguin pour moi, c'était facile de te tenir à l'œil… C'est mon métier, tu sais. Je suis bienveillante, et je suis la meilleure. C'est mon travail, il faut connaître les ficelles, savoir diriger les gens où l'on veut.

Elle esquissait un sourire doux, le tronc en arrière, comme pour se préparer à rire d'une remarque déplacée. Je restai là, à côté d'elle, mes méninges à bloc, teintées de mélancolie passagère, poisseuse, volubile et tordue ; j'avais décidément bien du mal à juste m'offrir à ce qui se produit.

Elle sortit un épais cadeau de son sac de courses. Je déchirai le papier, impatient, vif, et sous les éclats barbares arrachés au papier collant, je découvris une vingtaine de papillons monarques sous verre, alignés, épinglés, sans étiquette ni indication.

– Toi qui es toujours perdu, je vais te dire, tu regardes ton reflet dans l'eau et tu essaies de t'y voir malgré les vagues, l'écume, les algues au fond. Je comprends ; j'ai fait ça il y a longtemps, et puis j'ai trouvé mon travail.

– Qu'est-ce que c'est ?

– Des papillons monarques. Un client à moi y voyait des signes, des symboles, même des mots.

– Où ça ?

– Sur les motifs de leurs ailes. Il a trouvé ceux-là lors de son voyage en Amérique.

– Qu'est-ce que ça dit d'après lui ?

Elle rit, sans répondre.

De l'Amérique du Nord
à l'État du Michoacán au Mexique

43

Tout comme ces émissions chatoyantes où le décompte du nouvel an semble simultané et enthousiaste partout dans le monde, tel Japonais bourré hurlant le chiffre idoine en compagnie de tel Américain bourré hurlant le même chiffre à plusieurs milliers de kilomètres, la grande idée des scientifiques invités pour cette partie du voyage était de filmer la migration des papillons monarques de leur point de départ à leur point d'arrivée, divisés en plusieurs équipes dispersées dans l'Amérique du Nord : l'équipe mexicaine, l'équipe californienne, l'équipe du Midwest américain… Cela donnerait une fausse idée au profane, une idée d'unité, d'espèce solidaire d'un élan identique et souverain alors que la migration des papillons était un vrai bordel et sur plusieurs générations, mais la chaîne de télé National Geographic ne reculait devant rien, ni budget ni délire scénaristique, et j'étais bien content de partager des hot-dogs avec les ingénieurs du son en glandant, un Coca dans l'autre main, pendant que les herbivores me méprisaient du coin de l'œil en grillant des saucisses de seitan, assoiffés qu'ils étaient de kombucha et autres limonades *organic*, *fairtrade* et atrocement chères. Je n'avais jamais eu pour eux qu'une curiosité sympathique mais, puisqu'ils me haïssaient au point de ne pas chercher à comprendre ma démarche ni s'étonner de mon geste, je crachais sur leur mode de vie, malgré le goût exquis de leurs faucisses.

On se retrouva à filmer des papillons un peu partout, sur des kilomètres, et je découvris à cette occasion qu'une partie du voyage avait été financée par l'industrie télévisuelle américaine. Encore un coup de génie de père, mixer les subventions de la région wallonne et les actionnaires made in USA. Improbable ; aussi improbable que la nouvelle lubie de Falschfassung. Il avait tenu à m'emmener, les yeux bandés, en plein cœur des champs de blé immenses de l'Amérique.

Nous arrivions à Bruxelles. La Bruxelles américaine. Comment diable prononçaient-ils cette copie de ma capitale chérie ?

– Tadah !

J'avais un problème récurrent avec les tadah.

Rien que des granges, des blés, des routes planes et de grosses voitures.

Plus loin, nous nous arrêtâmes dans un *diner*, et en sirotant mon café, j'entendis quelques vieux obèses en salopette et chemise épaisse parler un wallon mêlé d'anglais, avec un accent proche de celui de Namur.

– Je tenais tout de même à visiter ces villes – Luxembourg, Namur, Bruxelles – et à rencontrer cette culture linguistique si étonnante. Quelle joie ! Il s'agit d'un musée à ciel ouvert, Libski !

Je fis une moue de lassitude.

– Oh ! Ne soyez pas si mollasson. Rendez-vous compte ! Il y a plus d'histoire de la Belgique dans leur sang d'Américains bouseux que dans le vôtre !

– Hé !

– Si si. Ils tiennent à leur langue et leurs traditions comme un Allemand à son Schlager. J'en avais interviewé voilà quelques années pour ma thèse. Mon wallon est un peu rouillé mais ça devrait aller. J'ai rendez-vous avec eux. Allez, bougez-vous !

Je traînai la patte. À part « grosses betch' » et « didjû » je ne connaissais rien au wallon, par ailleurs ni unifié ni standardisé. D'après Falschfassung, le couple que nous allions voir parlait un dialecte proche du wallon gaumais. Bon.

– Bondjou là, Maurice, djè sus l'Falschfassung, vès mè r'mèttez ?

– Bin sûr, lu porfesseur ! Ètrez, vès prenrez bin ène tasse du cafè ?

– Ben oï ! La Stella est à train du fâre un ptit niquet ?

La face de ce vieux paysan bourru et gras s'éteignit d'un coup. Voir cet homme à l'œil vif et bleu, au visage dur et rougeaud pâlir et s'effondrer d'un coup sur son canapé, ça me mit mal.

– Elle est môrte l'annaye passaye. Elle est fâ eune attaque.

– Toutes mes condoléances, là !

– Oh ça vèrrè, d'ju n'm'a fâm du trop, dju la cheurâ bintot.

– I n'fau'm sondgi ainlà, là !

– On mourt in pô tous les djous. D'jâ mau la chine, dju n'sais pu aye lonta, alors dju m'assîs dzou l'portche, pus d'ju rwâte les ptits djones dans l'âbe d'en face, dju cause à la Stella. I n'm'a faum du pu. Ma feye fin deux côps par djou pou fâre à médgi, pou mu rlaver et pou fâre un pô d'mènadge.

– You are lucky, to have such a nice daughter. (Falschfassung me traduisit vite fait.)

– Yes, indeed. Tout tchèquin n'èm des afants ainla. Lu pire, c'est qu'j'a don mau d'dormi. Dje n'veum prenre des cachets, ç'n'est'm bon pour l'estoumac' et l'foie.

Là-dessus il apporta deux Orval.

– On m'les avouye par la Pos'. C'est la Stella qu'a buvout, mi, d'ja arrêtey. D'j'a co in cousin qui vique à Vierton. Tè vois Vierton ?

Curieusement il me regarda.

– Yes, the Orval Abbey. I go there twice a year to buy the beer and the cheese.

– Really ? You're Belgian ? I never had the opportunity to taste the cheese… Describe the taste.

– It's like very creamy, soft but with a gentle character at the end… maybe a hazelnut taste ? I'm sorry I can't describe it better.

– Oh, ça m'fâ dédjà révey.

Il avait même les verres. Mon humeur s'améliora en conséquence. Je remarquai que le long de l'escalier, à droite du canapé où il était assis, se trouvaient de nombreux cadres remplis de papillons sous verre. Tous des monarques. J'interrompis Falschfassung pour lui demander de poser la question.

– Pouquoi tous ces papillans ?

– C'est ma feume qui a ramassout vingt tchèque annaye. Sa mére li avout apprins à lire l'avenir su leu z'ailes. Si gnè tout plé d'femelles, ça veut dire ceci, si les rayures sont ainlà, ça veut dère aut' chose ou si l'aile est esquintaye ou non…

– Vès savez l'fâre ossi ?

– Ben oï ! Ça vous dit ? Dju veux bien l'fâre. I faut z'a prenre vingt monarques, du djou. Dju pu méme vous prètey lu filet à papillans du la Stella… Où l'a-je randgi ?

Il se dodelina péniblement vers la porte à l'opposé de l'escalier ; il me sembla qu'il était sorti. Maurice revint quelques minutes plus tard.

– Dju l'avous randgi à côté des péles.

– Dju va t'layi, Maurice.

– Merci d'ête vunu, porfesseur ! Et bounne tchèsse à t'sosson !

– C'est gentil de trouver un prétexte pour lui rendre visite et lui faire un peu de compagnie ; cette histoire de papillons futurologues est touchante ! Il ne m'avait pas prévenu pour sa femme…

Je n'avouai pas à Falschfassung que moi, bien sûr, j'y croyais.

44

Fébrile, impatient et inquiet, je capturai assez aisément les vingt papillons requis ; Gon-Pa les piqua sur un cadre et me fit choisir l'ordre et la disposition des papillons, ce qui finit de m'inquiéter tout à fait, malgré son éternel faciès doucereux.

Pendant ce temps-là, mon matelas gonflable avait été crevé et je soupçonnais les herbivores. J'en eus assez de cette vision binaire de moi-même. J'y allai frontal, porté par une colère ancienne. Je rencontrai Yens, que j'avais toujours identifié comme le « chef de bande ».

– Ça suffit, Yens.

– Je n'ai rien à voir avec la crevaison de ton matelas. (*Clin d'œil.*)

– Je m'en fous. Il faut qu'on discute. On en a pour un bout de temps à se côtoyer, se haïr de la sorte est stupide.

– Oh, monsieur Libski vient tenter d'enterrer la hache de guerre ? Quel gentleman ! Quel homme civil et cordial ! Non. Va te faire foutre. Tu ne peux pas t'en sortir comme ça.

– Alors que dois-je faire ? Tu m'as tabassé, c'est suffisant, non ?

– Mon seuil de tolérance a des limites.

– Belle preuve d'ouverture.

– C'est à moi, le dominé, je te rappelle que tu manges

de la viande et TUE DES ANIMAUX, de faire un effort ? Bouhouhouh. Pauvre carniste dans un monde de carnistes.

– On ne peut pas discuter alors ?

– Il n'y a plus de dialogue possible ; visiblement tu as tout des gens que je méprise. En pleine dissonance cognitive en plus.

– C'est-à-dire ?

– Tu butes dix gnous mais la mort d'un phoque ou d'un pigeon, ça c'est terriblement affligeant ? Tu te rends compte de tes contradictions ?

– Tu as entièrement raison.

Il eut l'air décontenancé.

– OK, alors explique-moi, là. En gros tu assumes le fait d'être un gros enfoiré ?

– Non.

– Ah, voilà ! Et donc quelle raison tu invoques pour excuser tes actes ?

– Aucune.

– Mais ton raisonnement ne marche pas !

Je lui expliquai alors mon déclic chez Eddie, mon envie de contrer mon empathie, de voir ce que ça faisait d'être un sale con. Déjà, ça donnait des bleus.

– C'est tout de même exploiter les animaux au nom de ta quête de sens.

– Tu ne fais pas pareil avec ton militantisme, tes faucisses et tes fringues en lin bio ?

– C'est différent… C'est… des convictions qui… tu… c'est beaucoup plus violent, quand même. Tu crées de la souffrance.

– Tu apaises la tienne en militant. J'appelle ça de l'exploitation symbolique, politique.

– C'est compliqué. Et je ne mets pas sur le même plan souffrance physique et ça… Tu es un type étrange, Théodore-James Libski.

Les herbivores me laissèrent tranquille à partir de là, sans toutefois me considérer plus avant. Ils se méfiaient, en retrait, polis et froids.

Je vis Yens jeter des papiers au feu, j'y reconnus le titre de leur pièce de théâtre minable.

45

It's My Life de Talk Talk tonnait sur sa petite radio tandis que Maurice, ses mains carrées sur l'estomac, somnolait sur la galerie de sa maison, doucement bercé par son siège à bascule.

– Hi Maurice ! It's done, I got the butterflies !

Il eut l'air content de me voir.

– Hi there ! You're the friend of the German professor ! Come in, I'll make some coffee !

Il m'apporta un mug et se servit dans un verre qu'il rinça.

– Do I have to do something ?

– Nothing. Let me see the butterflies.

– Oh, man. See that spot there on the number 7 ? And that curvy line on the big one, next to the last in the line ? Oh. Not good.

– What do you mean, not good ?

– I mean that, if I read correctly, you are in a journey. And if I say it the proper way, well, it's not the end, and it's not gonna be easy.

– Tell me more ! Do I die or something ?

– See that broken wing there on the number 6 ? That means I cannot share the details with you.

– You are kidding me. That's just because you can't read it.

– Excuse me ?

– Sorry, I… Sorry.

– Never mind. I'll get something stronger.

Et il partit quérir une bouteille à l'étiquette arrachée, dont la liqueur transparente sentait le sucre et le sapin. Il m'en servit un bon verre.

– Drink it. I'd rather not.

Un épais sirop brûlé rafraîchit ma gorge et mon estomac ; quelques instants plus tard, le sommeil m'assomma. Je m'endormis sur ma chaise. Je rêvai de longs bancs de sable fin et bleu ; Falschfassung sifflait en tenant un marteau énorme sur l'épaule ; père lui présenta une tortue énorme. Falschfassung la réduisit en bouillie en riant fort. Je hurlai, encore et encore, à genoux, sans me réveiller, tandis que du cadavre de la bête en purée s'élevait la silhouette d'Eddie, ensanglanté, rieur, il disait « Cheese » et de son polaroid s'évada le portrait de mon père.

Je m'éveillai. Maurice faisait cuire du bacon et des œufs. Il avait déjà disposé des pancakes recouverts de miel devant moi. Et encore du café bien noir.

– Eat, my friend ! Eat ! It's been a long time since I saw a young man eat in this house ! Thin like you are, you need solid weight !

Il rit. Il me regarda manger en silence, l'œil vif et bienveillant. Je me sentais apaisé. Il me tint par les épaules avant de me laisser le quitter.

– I shoudn't tell that, but all will be fine, better than fine actually.

– Better how ?

– I can't tell. Goodbye !

Je ne savais pas s'il mentait, mais si c'était le cas, il le faisait drôlement bien.

46

Je pensais à Mark Hollis et à son Canada gelé, synonyme d'équilibre infini, de jonglage apaisé avec le monde. Je l'enviais. Je n'avais toujours aucune idée d'où foutre les pieds, et un rictus nerveux vint crisper mon visage.

Je me mis à pleurer. D'abord un peu, presque sans bruit, puis tout à fait, jusqu'à la morve et le visage bouffi.

Je voyais tous ces visages, toutes ces sensations me hanter ; j'avançais à tâtons au gré de la prochaine bestiole à aller voir.

National Geographic (la chaîne de télé) était ravie du reportage et nous avait invités à Hollywood pour une fiesta d'adieu. Recroquevillé au bord de la piscine chauffée, j'épongeais mes larmes et ma morve avec mon essuie de bain. Pendant ce temps-là, Falschfassung, une piña colada à la main, draguait une accessoiriste américaine minuscule mais au bonnet délirant ; elle avait des cheveux teints en rainbow avec des reflets argentés, un bronzage orange outrancier et l'œil vert clair très vif ; elle suçait depuis plus de trente secondes la cerise confite de son cocktail, la tête penchée sur le côté, les yeux fixés sur lui.

La musique devenait peu à peu insupportable ; coké jusqu'à la moelle, Karoo avait quitté ses pinceaux pour un casque audio et une paire de platines. Il s'éclatait à mixer de l'electro swing et des bruits d'aliments écrasés à la presse hydraulique. Gon-Pa riait sur ses genoux et je voyais que le caleçon de bain à l'imprimé tropical de Karoo devenait trop serré pour tous les deux.

Lejeune et ses membres d'équipage étaient couchés depuis longtemps. Les herbivores dansaient ensemble, riaient, sautaient, tombaient et se relevaient pour continuer. Il était temps de rentrer à l'hôtel.

Dans le couloir, j'observai une peinture de Karoo, exposée en grande pompe, cadre doré à l'or fin et plaque biographique du monsieur ; une série de bateaux plats sur des canaux transparents. D'immenses feuilles d'arbre de couleurs vives barraient la route au nautonier, debout à l'avant de la barque. Il les poussait avec un bâton long et fin ; d'abord une feuille de châtaignier rouge, une feuille de peuplier bleue, et des aiguilles de pin molles, jaunes, larges et fortes comme des troncs d'arbre… À chaque chute de feuille, la barque manquait de se renverser, mais tout était si calme qu'un accident aurait semblé malpoli. L'eau, si blanche et claire, dessinait le reflet d'un ciel lumineux mais voilé ; un désert de coton sur la pellicule fine de la rivière, juste un pas au-delà de la pointe de la barque… On aurait dit les animaux dynamiques de la grotte Chauvet, ou bien un des tout premiers prototypes du cinéma où la course d'un cheval s'animait et se décomposait. Jules Karoo était trop doué pour en être jaloux.

Je pris une douche très longue et profitai de la baignoire spa de ma chambre d'hôtel. Puisque Falschfassung allait sans doute s'envoyer en l'air, moi aussi.

J'appelai une escort via Internet. Une petite brune aux seins bruns et énormes, au parler franc et jovial. Je me masturbai en tétant ses énormes seins chauds. Calmé, mou et endormi, je finis par m'assoupir.

Je m'éveillai tôt, le jour se levait, dans cette lumière bleutée et pâle. J'ouvris les fenêtres. J'entendis un camion rugir et une poubelle se vider, couvrant les pas lents et mesurés d'un vieux type indéfini. Le vent ramenait des odeurs sucrées et chaudes d'on ne sait où, ni tout à fait de côté, ni de face. Je m'étais couché les cheveux mouillés, ils étaient horribles. Je m'observai dans le miroir de la salle de bains comme on observe une curiosité plaisante et, pour le temps de ce matin-là, j'étais bien, ou, comme disent les gens de Verviers, « on a eu bon ».

Japon

47

Notes préparatoires du Prof. Dr Hernando-Zufkopfstein, concernant le patient B-612 : Théodore-James Libski

Cas : Crise de démence, syndrome du prophète.

B-612 a débarqué au Japon il y a quelques semaines, au sein d'une équipe d'artistes et de scientifiques chargée de rédiger un rapport multidisciplinaire sur les animaux migrateurs pour le compte de l'ONU.

Motif du voyage : Semi-touristique. Rencontre informelle avec les principaux investisseurs de l'expédition, la société Client Partners.

Enjeu professionnel pour B-612 : Nul.

Pression exercée par le groupe : Nulle (sujet beta).

Rôle incarné dans le groupe : Marginal sympathique, polarisant (conflits éthiques).

Antécédents familiaux : Mère névrosée par ennui, père patriarcal classique, pré-révolution sexuelle. Ethos bourgeois.

Audit des membres du groupe.
Transcription des passages signifiants des enregistrements :

Membre #1

[...] Oui, Libski voulait absolument tout voir, tout faire, malgré la durée très courte de notre séjour en terre nippone. [...] Il faisait sans cesse référence à Miyazaki, aux auteurs de haïkus belges comme David Colling, à la chanson poétique de Yumi Arai, aux films de moine Shaolin et enfin aux maîtres Zen, un vrai florilège de *name-dropping*... On dit ça en français, *name-dropping* ? On ne peut pas dire « chute de noms » ? [...] Il était surexcité, d'un enthousiasme d'une *inquiétante étrangeté*... Cela vous fait rire ? Je connais mes classiques, Professor Doktor Zufkopfstein ! [...]

Membre #2

[...] Je lui avais donné rendez-vous pour lui montrer mon travail. Il était curieux de me voir louée à un client. Je suis amie à louer professionnelle depuis presque dix ans. Je n'aurais jamais dû le mettre en contact avec ce client-là. J'ai failli à ma tâche et manqué de jugement. [...] Non, bien sûr, ce n'est pas tout à fait ma faute. Mais je serai plus prudente à l'avenir. [...]

Membre #3

[...] Libski m'avait demandé conseil à propos des pratiques méditatives ; je l'ai envoyé bouler. Non mais, sérieusement, une fois végétarien ou vegan, on devient automatiquement yogi, c'est ça ? Ou moine zen ou quoi ou qu'est-ce ? [...] Je n'ai pas assisté à la suite. J'étais déjà de retour sur le bateau. Ça ne me surprend pas, remarquez. Il n'a jamais été loin de devenir zinzin, oh pardon… neuroatypique. Ça enregistre ? [...]

Membre #4

[...] Yens l'a rembarré un peu fort, c'est vrai. Et je lui ai dit que, moi non plus, je n'y connaissais rien en méditation. C'est quoi cette manie de transformer les gens en pack d'étiquettes ? Et ça se dit « philosophe ». [...] Je suis végétarienne mais j'aime les concours de chats de race, oui. Je sillonne toute la Belgique et j'ai même été juge d'un concours de sphinx à Anvers. Je me suis assurée de ce que leur crème solaire ne contenait pas d'additifs dangereux. [...]

Membre #5

[...] Je l'ai mis en garde contre les dangers de la prière. Pour moi, prière et méditation sont des pratiques très proches. Pour un être comme lui, si sensible, être seul avec sa conscience et tout ce qui l'entoure est un abîme trop grand. [...] J'ai prié pour lui. [...]

Membre #6

[...] En Inde, j'avais médité plusieurs fois sans accrocher. Il a semblé intéressé par mon expérience ; c'est la première fois que nous parlions plus avant, seul à seul, c'est un gars sympathique en fait. Ses enthousiasmes sont plaisants à voir. [...] Non, je ne sais pas. Je suis rentré avec Yens et Amanda. On ne m'a raconté tout l'épisode qu'après. [...]

Membre #7

[...] Libski, ça... un phénomène. Il n'est pas à une excentricité près. De vous à moi, c'est un emmerdeur de première. Oui, je le dis. Un gosse gâté. Sur un bâtiment militaire, il aurait nettoyé mes quartiers avec sa langue, ça. Avec la langue. Non mais je l'aime bien, c'est pour rire, hein. [...] Ahahahah oui, on me l'a dit. Je l'imagine bien assis en tailleur, en slip, à faire *aoum*, *aoum*... [...]

Membre #8

Je ne vois pas pourquoi vous m'interrogez, je suis restée sur le bateau avec les trois scientifiques, tombés malades à cause d'onigiris douteux. N'oubliez pas d'effacer l'enregistrement.

Membre #9

[...] J'ai passé les trois jours à éplucher le maximum d'estampes que je pouvais trouver ; musées, bibliothèques, magasins spécialisés et j'en passe... [...] C'est moi qui l'ai trouvé sur un tabouret, le crâne rasé, complètement nu, debout devant la foule, à sortir des énigmes zen en portant la voix loin, possédé. Je n'ai rien fait sur le moment, il était magnétique... imperméable au froid, à la pudeur, au rire gêné des badauds... J'ai sorti un carnet et fait un croquis direct. [...] Vous voyez ? Le tabouret était en plastique, j'ai utilisé un Rotring 0.4 et une profusion de petits traits, c'est ça qui donne du volume. J'ai appris ça d'un grand auteur de BD. Ça sert d'élargir ses horizons, des fois. [...] Quand ils l'ont maîtrisé, ils ont dû utiliser des sangles, une seringue de tranquillisant et tout, comme dans les films, deux malabars sur lui... C'était horrible. Je me souviens de ses cris, de ses contorsions... Gon-Pa s'en est voulu. C'est elle qui l'a accompagné jusqu'à l'hôpital. Un des deux mecs l'avait taclé trop fort, il est resté inconscient jusqu'au retour en Belgique. Sale histoire. Vous pourrez lui dire que ce n'est pas sa faute, à Gon-Pa ? [...]

Belgique

48

On m'a dit : Tu as hurlé alors qu'on t'attachait les bras pour te mettre sous sédatif.

Tu étais trop grand pour les attaches de la table, alors un type a retiré sa ceinture pour en créer une supplémentaire. Enfin, plusieurs ceintures attachées entre elles.

Tu n'as pas remarqué ce détail.

Tu es habitué à ne pas maîtriser totalement ton esprit, mais ton corps… Lorsqu'il t'échappe, puisqu'on le maintient contre sa volonté, tu hurles, et bientôt même cela tu l'as perdu.

Tu restes assis un long moment entrecoupé de nuits et de jours indistincts d'une purée de yin et de yang couleur patate à l'eau.

Dehors, par-delà les barreaux et les grilles de la fenêtre, un pingouin en peluche est oublié sur l'herbe fraîche.

Tu croises les bras et la première chose dont tu te souviennes est la bave boueuse sur ton avant-bras.

La bave est ici.

Toi ?

Quelques longueurs encore mais la conscience te revient petit à petit.

Par souvenirs entreposés çà et là au milieu du fatras cosmique.

Tu t'étrangles avec la cuillère de purée, saisis le bras de l'aide-soignant qui, d'abord surpris, sourit d'un air victorieux.

T'as respawn, mais tes points de vie sont au plus bas.

49

Apparemment, je sors d'une longue période amorphe ; Falschfassung est venu m'apporter *V pour Vendetta* et un paquet de biscuits fourrés à la gélatine à l'orange de chez Lidl. Ceux d'Aldi sont trop bombés, moins plats, moins sucrés.

Je ne me souvenais pas de leurs visites, mais Karoo, Gon-Pa (payée pour), Lejeune, Jonquille et Tshituka étaient venus me voir. De même, Falschfassung venait ce jour-là pour la neuvième fois.

– Mon pauvre Libski…

Je n'ai jamais compris comment j'étais passé de la haine à l'amour pour ce type. Alors que je peinais à ouvrir la gangue de plastique des petits gâteaux, je soulevai la question.

Il parla de se découvrir une certaine solitude semblable. Au tout début, lors d'une des premières fêtes sur l'*Izoard*, alors que je pétais un boulon dans ma cabine, Falschfassung avait remarqué le boucan en passant aux mêmes commodités que moi. C'est lui qui avait invité Gon-Pa à me secourir, au vu de ses compétences professionnelles. Il s'était senti mal.

Il n'arrive pas toujours à sortir de cette hauteur où il s'est installé ; il est abrupt et sec, méprisant, histoire d'être sûr qu'on lui rende bien la pareille pour le premier coup rendu, pas parce qu'on pourrait le mépriser en soi, au début, sans raison apparente.

Il a aimé tout de suite mon air bleu et perdu, et il s'excusa de devoir parler comme cela, puisque après tout, au vingt et unième siècle, un homme doit encore s'excuser de parler à un autre de ses sentiments ; un jour, peut-être, les hommes et les femmes et tous les autres du spectre genré que les mots ne couvrent pas toujours de leurs baisers atomiques pourront dire n'importe quoi, n'importe quand, et se sentir être qui ils veulent, et parler sans exclure quiconque. Mais ce jour-là était encore un peu loin ou pas assez près, alors Falschfassung discourait de manière timide, rouge et hachée, le regard vers la fenêtre de la chambre où je manquais de renverser toutes les génoises à l'orange sur mon slip.

Il parla du retentissement du phoque ; il m'avait observé sur la plage. Bien qu'il l'admît à moitié, il sut ce jour-là que je n'étais pas différent de lui ; qu'au fond l'angle d'attaque n'était qu'une histoire d'opinion. Il allait balayant d'avance, espérant un résistant qui s'affranchirait de ses précautions imbéciles de peureux relationnel ; j'allais dévorant la moindre interaction, vorace, esthète, umami des copains et du goût.

Ce n'était pas tout à fait juste mais, oui, on pouvait me voir comme cela.

Je lui avouai que son invitation pour le thé m'avait surpris, et foutu une trouille bleue. Je le haïssais à l'époque, il était ridicule avec ce poisson-pénis qui lui avait bouffé le sexe, et sa volonté d'enterrer la hache de guerre m'avait décontenancé. C'est vrai, elle ne venait que de moi, cette hache. Il avait été plutôt sincère, dès le départ, franc du collier. Arrivé sous sa tente pour déguster le thé avec lui, j'étais prêt à en découdre, à conspuer la moindre erreur, la moindre mollesse, la moindre parcelle de ce qui me déplairait ; pourtant, là, devant le thé fumé, j'avais retrouvé un frère disparu.

Assez fier de ma formule, Falschfassung me fit un câlin. Ce fut le premier et le dernier ; non qu'il y eût moins d'occasions de pratiquer cette embrassade de circonstance, mais ce moment de vulnérabilité commune – je crois, j'en suis sûr maintenant, il avait craint de me perdre à jamais, et à cet instant moi de sortir à peine d'un coma profond – cimenta quelque chose, alors même que ce court rapprochement, maladroit, dramatique, se chargeait de toute une sémiotique inédite, personnelle, prométhéenne.

Nous n'oserions plus le mimer ensuite.

Je lui dis enfin que je l'avais haï dermiquement au début ; il en parut heurté ; je regrettai cette confidence. Il ne m'avait jamais porté, au maximum de sa défiance, qu'une admiration incrédule.

Il remarqua combien il est impossible de déterminer quel effet l'on porte à autrui, offrande imprévisible des élans pitoyables pour se faire aimer.

Je voulus en savoir plus, sur tout, ma folie, ce qu'ils avaient fait en mon absence, mais l'infirmière vint me rechercher dans la salle des visites, et Falschfassung repartit d'un pas mesuré, allégé, en remettant une écharpe jaune moutarde impossible à assortir au reste de sa tenue. Une partie de l'univers était restaurée.

50

J'étais installé à la section douce, maintenant. Après un parcours du combattant, un coma sordide et une guérison quasi miracle, sans séquelles apparentes (j'étais dans les 37 % de rescapés intacts d'un coma), je pouvais me balader hors les murs, dans la cour, mes médocs finirent par s'entendre avec moi, les séances en groupe se passaient bien.

Le Prof. Dr Hernando-Zuffkopfstein me voyait en entretien individuel une fois par semaine. Je lui racontais ma vie, mes épisodes animaliers, sans trop y croire ; vider mon sac me faisait du bien. Il m'encouragea à noter tout.

C37, mon voisin de couloir, obsédé des nombres et arachnophobe aigu, me décrivait sa thérapie : attaché sur une chaise, il devait regarder un moniteur rempli d'images d'araignées, tantôt en gros plan, tantôt de loin, tantôt une image semblable à une araignée apparaissait. Il ne devait pas quitter le moniteur des yeux. Ensuite, mis à deux mètres gradués d'un bocal où une mygale grosse comme un oignon se baladait, il entendait des contes dispensés par un ordinateur ; des contes à trous. Il remplissait ses trous en fixant l'araignée dans le bocal, et déclarait ou non vouloir s'approcher par tranches de quinze centimètres, puis toucher le bocal, le saisir, ouvrir le bocal, enfin mettre la main dans le bocal, toucher l'araignée, la laisser grimper sur sa main, son bras, le reste du corps. C37 en était à 1 mètre 85 et au *Petit Chaperon rouge*.

La clinique Bellevue à Athus, sur la colline Mathieu-Paul (point le plus haut de la ville, nommée en l'honneur de l'illustre poète), accueillait les visiteurs courageux de ses deux portes automatiques à priser ; de chaque côté, assis sur une chaise de jardin, l'air ahuri, deux patients fumaient et jetaient les mégots dans deux seaux jadis dédiés respectivement à cinquante litres de mayonnaise et vingt-cinq kilos de harengs à la crème.

L'intérieur, plus fleuri et dynamique, se donnait des airs de musée d'art moderne, excepté les grilles et les barreaux.

On m'avait enterré en pleine Lorraine belge, sans doute par commodité médiatique ; père n'était pas venu me rendre visite une seule fois. Par honte ? Agacement ? Tristesse ? Dépit ?

Mère trembla en me voyant lucide et bien portant. Elle ne parla que de Marie-Té et de l'exposition des portraits de Simón Bolívar, du 7 au 25 juillet, dans une obscure galerie privée à Uccle. Elle mentionna aussi son spray à ours, puisque Athus était fort mal famé, paraît-il ; elle avait ouï dire qu'il y avait des attaques à la machette et un illuminé éleveur de tarentules et de pythons, sans parler de la drogue galopante, des Portugais trop nombreux et du taux de chômage alarmant. Elle repartit en regardant des deux côtés de la route de sa vie.

C37 en était à 1 mètre 60 et au twist du *Petit Chaperon rouge*.

Je disais au Prof. Dr Hernando-Zuffkopfstein que mon tour du monde n'avait fait que m'angoisser de plus en plus ;

je ne savais pas quelle attitude adopter face à mon sort, malgré mon double doctorat. Il rit et dit qu'il avait le même problème. Connard.

Dehors une pluie grise dominait les prolétaires de tous les pays et les frontaliers qui allaient bosser au grand-duché du Luxembourg en covoiturage ; un Danois, quelque part par ici, mettait dix-sept minutes à se rendre au travail ; c'était un père formidable qui buvait du thé anglais, aimait le biathlon sur Eurosport Deutschland, et les biscuits de Noël à Noël. Pas comme le mien qui n'aurait jamais cru bon d'investir dans le temps nécessaire à une pâte sablée. Sa femme formidable devait parler souvent à ses enfants de sentiments, des choses de la vie et de son mystère, une tasse à thé fine remplie d'un café presque transparent à la main ; pas comme ma mère, qui buvait de l'espresso en parlant surtout des autres et de tout sauf de l'essentiel.

J'expliquai ça au Prof. Dr Hernando-Zuffkopfstein qui finissait un croque-monsieur sans y consacrer la minutie et l'élégance nécessaires. Il dit que j'en avais déjà parlé et que les frontaliers danois étaient peu nombreux ; les bons parents aussi ?

Je répondis qu'on accordait rarement une ligne aux bons parents, sauf ceux de Georges Duroy dans *Bel-Ami* qui eurent droit à un paragraphe. Le Prof. Dr Hernando-Zuffkopfstein ne l'avait pas lu.

Diantre. Fichtre.

Il me demanda pourquoi j'aimais doter des inconnus d'histoires.

Je ne répondis rien et il toussa pour décrasser une miette tombée au hasard de sa gorge.

C37 en était à 1 mètre 45 et à *Cendrillon*.

Je pensai à cette araignée enfermée dans le bocal thérapeutique. Avait-elle conscience d'effrayer ? Que son seul aspect la rendait repoussante ? D'être un outil majeur dans la reconstitution d'une psyché patraque ? À une époque, j'aurais voulu la libérer. Maintenant, une faiblesse ou une retenue m'en empêchait.

Je trouvais les peurs des hommes injustes pour les rats, les souris, les cafards, les araignées, les serpents, les clowns, le noir des chambres à coucher, les canards qui vous observent, les trous dans les peintures et les images d'Internet.

C37 me dit que l'araignée était bien nourrie et qu'un vétérinaire venait l'inspecter chaque semaine. Elle venait d'un centre mexicain, Arachnotherapeutica, où elle avait été formée, entraînée à son futur travail. Ça sentait fort le bullshit, mais cette fable le rassurait.

Il me parlait du centre pendant des heures : de comment on réduisait la taille du bocal petit à petit, de comment on habituait l'araignée au contact humain de différentes couleurs de peau, de différentes odeurs, des paluches pleines de gras de chips aux paluches lavées à l'iso-Betadine, des concours de cerceaux, des tests en altitude, du caisson antibruit, du caisson à pression haute, faible, des différentes mouches... Même aux tests musicaux pour l'habituer au son des contes de l'ordinateur.

Il ne parlait que de ça, C37, lui et son corps maigre, chauve, vieux, aux yeux cernés, aux fesses plates. Des mouches, aussi. De la nourriture pour mygales en général. De leurs huit yeux mignons. J'écoutais faute d'autre chose.

L'Indien qui détache un bout de tuyauterie lourd de marbre et s'échappe après avoir rendu sa liberté à Jack Nicholson à la fin de *Vol au-dessus d'un nid de coucou* gambadait en moi jusqu'à la colline verdoyante, jaune, flétrie d'Athus pleine de tabac, de mégots et de regards vides coulissants.

C37 en était à 1 mètre 30 et à *La Princesse au petit pois.*

Je relisais les *Lettres à Théo* pour me donner du courage ; je m'inventais un frère inexistant. L'on était face à face dans le grand living de velours noir aux tentures d'acier en lamelles ; le soleil infusait par les fentes des vitres et dehors, protégés du froid, nous étions absents.

Il me parlait de choses du monde, rassurantes et pleines ; d'argent, de possessions d'usufruit et de plaisir, d'orchidées à bâtons de vanille, d'hommes en costume de lin blanc qui saupoudrent leurs moustaches de mimes d'importance et de stupre ; de belles femmes rieuses à la conversation vive et sincère, incapables de chercher autre chose qu'offrandes à l'instant présent.

Il me servait un whisky double wood et de petits feuilletés aux légumes rôtis ; je parlais des tourments de mon cœur et son regard attentif, calme et désintéressé apaisait mon âme.

Je dessinais sur le mur, au crayon gras, les plans rhétoriques de nos conversations : d'abord l'établissement d'une terminologie commune, des points d'accord à écarter puisque sans intérêt discursif, enfin les points de divergence à nuancer, expliciter, résoudre. Cela me faisait un bien fou.

Bien sûr, on ne pouvait pas m'obliger à regarder un chien mourir de faim, histoire de m'insensibiliser un peu. Je dus donc faire mille exercices de visualisation mentale, et lire et relire *Hypersensibles : bénédiction ou malédiction ?* du Prof. Dr Hernando-Zuffkopfstein, sorti aux PUT (Presses universitaires de Toulouse).

J'avais honte de l'admettre, mais cela me calmait.

Il disait dans le livre, page 42 :

L'empathie est une impasse ; le sujet atteint de compassion excessive croit pouvoir atteindre une dissolution parfaite dans la relation fusionnelle créée par l'illusion d'assistance du sujet pris de compassion ; son défaut n'est pas de ressentir, mais de refuser d'accepter la réalité d'une barrière physique, émotionnelle et intime ; peu importe sa compassion, la douleur d'autrui comporte toujours une part d'inaccessible. Par ailleurs, cette part d'inaccessible ne doit pas donner lieu à l'abandon total, ce qui peut dériver vers des tendances d'isolement et de repli sur soi, voire vers un mépris de la souffrance par contre-réaction à l'impuissance, mais doit amener à un lien supplémentaire et au vrai sens de l'empathie, à savoir non pas se substituer à l'effort de l'autre face à sa propre souffrance, mais faciliter la tolérance de celle-ci via l'intercompréhension de ce que je nomme l'île intérieure ou Selbstland, en cela différente du jardin secret du langage commun par l'absence d'effet du discours. Ainsi, dans le cas du jardin secret, l'intime dévoilé n'est plus ; dans le cas du Selbstland, le discours favorise même le repli, puisque partager cette part inexplicable de soi la rend encore plus obscure, puisqu'elle est révélée à son inintelligibilité. En conséquence, la véritable compassion, afin d'être satisfaisante pour le sujet pris de compassion et l'objet de compassion, se doit de se focaliser sur la présence à l'autre, le Hilfstillsein, prosaïquement la présence immobile de l'aidant, entendre immobile comme disponible. Créer une empathie de la disponibilité et non de la culpabilité, de l'action et non de l'idéal de résolution, telle est la thèse de cet ouvrage.

C37 était passé à cinquante centimètres et au *Petit Soldat de plomb*.

Il m'expliqua pourquoi il voulait vaincre l'arachnophobie ; un jour, il avait décidé d'y aller franco. Toute sa vie il n'avait jamais pissé tranquille ou pris une douche sans être sur ses gardes. Alors il décida de se renseigner à fond sur l'objet de sa peur : il vit des documentaires, collectionna les araignées sous verre, les objets en rapport, les images, les photographies… Peu à peu il transforma sa maison en musée des horreurs, en temple de l'effroi. Il ne dormait plus, ne mangeait plus et s'interdit d'arrêter de peupler son intérieur d'araignées ou d'aller dormir ailleurs, puisque selon lui il n'était qu'un lâche. Il finit par tenter de se suicider dans son étude, heureusement sa fille le rattrapa à temps, alors qu'il s'étouffait avec un tas de cachets en bouche.

C37 posait ses mains sur le bocal de la mygale et entendait Boucle d'or ronfler.

– Alors ? Les exercices portent leurs fruits ?

– J'accepte de mieux en mieux mon impuissance. Hier j'ai vu un documentaire sur les orangs-outans sans m'énerver ni pleurer.

– Bien, bien.

– Et avant-hier, un camarade m'a montré une photo de son plateau de fruits de mer dégusté cet été en Bretagne et ce rappel du crabe ne m'a pas fait chanceler.

– Parfait. J'aimerais que vous me parliez de ce travail qui est le vôtre. Pourquoi l'avoir embrassé de cette façon ?

– Qu'est-ce que vous voulez dire ?

– Pourquoi ce désir de se rapprocher de l'animal, du phoque, de la chauve-souris… Mh ?

– Je ne sais pas. Il m'a semblé important de passer dans le monde réel, de quitter ma conception de l'esprit comme un jeu et de voir, d'aller au plus près des êtres et des choses. De voir ce que le monde tangible allait me faire. Visiblement il est insupportable.

– Insupportable ?

– Oui ! Quel détachement il faut pour se sentir éloigné de toute cette mélasse d'horreur qui s'invite et se glisse partout… ce que l'on qualifie de naturel.

– Naturel ?

– Ce qui est accepté par tous comme allant de soi, ou intouchable, et le construit, le culturel, ce qui peut s'établir et se détruire.

– C'est plutôt une définition du sacré. La nature est sacrée, pour vous ? C'est pour cela que vous souhaitez la préserver ?

– Non… oui… enfin… je ne sais pas. Il y a un peu de ça peut-être ; je crois que c'est parce que c'est une langue que je ne comprends pas, parce que je ne peux pas comprendre l'animal. C'est frustrant, d'abord, ensuite… si je n'y comprends rien c'est sans doute une façon de dissimuler une grandeur, un caractère exceptionnel, du sacré oui.

– Et les hommes ? Est-il possible de les comprendre tous ?

– L'homme est un animal. Donc non.

– D'où vient cette frustration d'incompréhension ?

– Mon père sans doute. Il ne me comprend pas vraiment. Le pire c'est ma mère. Mais ce serait trop facile de passer par eux ; je crois que, d'une certaine manière, j'ai cru que la philosophie suffirait à tout comprendre ; ensuite j'ai bien saisi l'incompréhension, mais je n'ai pas su quoi en faire, ou voulu en faire trop…

Le docteur s'était endormi.

C37 avait mis une main gantée dans le bocal à mygales, pendant le moment où Gretel enferme la sorcière dans le four.

Je tombai sur le Prof. Dr Hernando-Zuffkopfstein en train de mimer un conducteur de trolleybus, le diamant de la platine en circumnavigation sur *Eye in the Sky* de The Alan Parsons Project.

– Vous allez devoir nous quitter, monsieur Libski.

– Pourquoi ?

– Vous n'êtes pas fou, juste passionné. Vous n'avez plus besoin de moi.

– C'est original, ça.

– Pas tant que ça. Ce qui m'intéresse, ce sont les cas désespérés, les dangereux, les patients à la limite des émotions humaines les plus arides et atypiques. Sans vouloir vous offenser, et aussi un peu parce que je m'en fous, vous êtes un bourgeois lambda. Je vous conseille de vous engager dans quelque mouvement humanitaire, après documentation adéquate. Nombre d'Occidentaux idéalistes vont dans les pays en voie de développement la fleur au fusil et finissent par faire plus de mal que de bien…

– Mais c'est ce que je fais déjà ! Et ça m'a rendu cinglé !

– Hé oh, pas de cette terminologie ici. Vous êtes fragile, je ne le nie pas. Et vous le savez. Évitez d'être en première ligne. Mais il y a quelque chose à faire de cette compassion dévorante pour le monde animal. De la peinture, du théâtre, des fables… je n'en sais rien. Je ne devrais même pas vous dire ça. C'est juste, il est tard, et les Blancs riches à problèmes m'emmerdent. Je ne vois que ça ici.

– Je pourrais vous faire virer pour ce genre de propos.

– Vous et moi savons que vous seriez incapable de supporter la responsabilité d'une telle délation.

Il me fit un clin d'œil et vint en moi le réconfort étrange d'avoir en sa présence quelqu'un qui mesure avec justesse à quel point je suis médiocre.

Douce mélopée du constat sans appel.

51

Je m'en voulais d'abandonner C37 à son sort.

– Envoie-moi des photos d'araignées ! Il paraît que l'association d'un stimulus positif avec l'objet de la phobie peut aider à la guérison ! J'y suis presque !

Pourquoi pas. Je n'avais plus ressorti le polaroid d'Eddie depuis les jours précédant la mort d'Arnold.

J'embrassai fort C37 qui me parlait du stage en gravité nulle qu'avait fait la mygale de son bocal.

– C'est particulièrement éprouvant pour les insectes, qui ont leurs os à l'extérieur.

Je décidai d'aller voir Eddie dans son atelier.

Il s'excusa de ne pas m'avoir rendu visite.

– Te trouver dans cet état m'aurait rendu incapable de travailler. Et je suis en pleine finalisation du projet. Encore un an ou deux…

Excuses d'artiste.

Il me montra ses dernières acquisitions : une nonagénaire du Pérou, professeure d'archéologie, dont la momification expérimentale avait échoué ; il avait dû rattacher des morceaux de visage à l'agrafeuse couleur peau. Il avait aussi obtenu l'autorisation du muséum de Fribourg, où l'on avait retrouvé une femme d'une trentaine d'années, tombée dans la tourbe au début du siècle dernier. Remarquablement conservée.

– Regarde bien son visage : j'ai pu reconstituer ses fossettes !

Nous jouâmes quelques dizaines de minutes avec le globe holographique ; des centaines de personnes de par le monde par rubans de quatre photos, classées selon des milliers de critères, toutes photographiées dans la mort. Il ne manquait que le continent antarctique.

– Tu comprends, personne ne meurt là-bas, ou si peu qu'obtenir des photographies récentes est difficile. Et toi alors ? Tu vas repartir ?

– Je ne sais pas. Ils vont en Sibérie pour la dixième migration des néomammouths.

– Tu as de la chance. Personne, à part quelques spécialistes internationaux, des gens du gouvernement russe et un ou deux photographes officiels, n'a pu les approcher… J'aurais tant voulu les photographier. On m'a proposé, tu sais. Mais je me suis fait souffler le contrat par un proche de la femme du président.

– Je sais, tu me l'avais dit. De la chance oui… C'est censé être le point d'orgue de l'expédition… Un budget immense pour de pauvres anachronismes de chair et de sang.

– Roh, ne monte pas sur tes grands chevaux ! C'est tout de même une prouesse de la génétique ! Il a fallu huit générations d'hybrides par néomammouth ! Deux cent cinquante-six éléphants par tête de pipe ! Près de deux mille cinq cents éléphants et deux décennies de boulot avant le premier-né ! Je te dis pas le casse-tête pour éviter la consanguinité du troupeau, le stress de la loterie des sexes… J'ai encore le numéro de *National Geographic* consacré à la naissance de Léopold, le premier néomammouth. J'avais trente ans et quelques.

On y apercevait le nouveau-né tout poilu, effrayé, entouré de types en blouse blanche de tous les pays, indistincts d'arrogance et de joie. Je me sentais dégoûté par cette attraction, cette foire, cette tête de proue de la modernité.

– Et après ? C'est quoi le but ? Créer un Mammouth Park et faire payer l'entrée ? Jouer à Dieu comme ça…

– Tu es prêt à vendre ta fascination à la morale ? La technique a besoin d'objectifs délirants et pacifiques pour progresser. C'est ce que je crois.

– Peut-être vaut-il mieux un néomammouth qu'une V2… Je vais utiliser ton polaroid !

– Pour les mammouths ?

– Non, histoire de rendre service à un ami. Des araignées…

– Tu sais, ce n'est pas un très bon appareil, pour de la meilleure qualité j'ai ça…

Il fit quelques pas vers une pile de cartons.

– Non, non, ça ira. Ce n'est pas très sérieux. Je m'en voudrais d'abîmer ton matériel.

– Comme tu veux.

Silence.

– Et les meufs, Eddie ?

– On ne peut être absorbé par rien aujourd'hui sans devoir aborder la question !

Ç'avait toujours été sensible avec lui, ce côté-là.

– Joker, tu sais, joker. Tu connais le concept de jardin secret ?

52

Lorsque je rentrai à la maison, ma mère me tendit un spray autobronzant, des pilules de bêtacarotène et une chemise hawaïenne.

– Il faut que les voisins te croient parti en vacances.

J'obtempérai. La chemise était sympathique. J'occupai donc la chaise longue du jardin, sous les ordres de ma mère.

– Plus penchée, la plaque d'aluminium !

Tâche difficile du bronzeur néophyte. Jouer les toasts eut pour effet de créer une dispute entre mes parents.

– Il part en Sibérie dans trois semaines, Marianne ! C'est complètement stupide !

– La réverbération du soleil est forte, là-bas. *Femme Actuelle* conseille même un large choix de lunettes de soleil. Et puis c'est ta faute s'il est devenu fou ! Quelle idée d'envoyer mon fils à l'autre bout du monde entouré de malades et de… de… clochards peintres du dimanche !

– Je les ai choisis, ces « peintres du dimanche ».

– Oh Horace, la ferme ! Tu n'en penses pas moins. Hier tu as qualifié Van Gogh de fleuriste raté alcoolique et dépressif.

– Il l'était.

Climat idéal.

– Théo-Jim, tu savais qu'on ne pouvait plus dire « psychothérapie » mais « processus d'apaisement de l'esprit assisté » ? Cet article que Marie-Té m'a envoyé est fascinant !

Je ressentais une lassitude profonde. Je l'adorais. Enfin je goûtais au détachement blasé, ordinaire. J'éprouvais une profonde jouissance à penser mes automatismes avec le plus de neutralité possible, sans ajouter ni réflexion ni adjectif. De véritables vacances mentales.

Au réveil, je pensais à mon corps et aux remèdes : nourriture, café, exercices. Une fois mon corps apaisé, je choisissais ce qui suffirait à me distraire. Souvent, dès la fin de mes séances de bronzage, je lisais ce que je connaissais par cœur et, libéré de l'excitation maladive de la découverte, je m'abandonnais aux voluptés du prévisible.

Ma vie se muait en verre d'eau tiède. Je ne m'en voulais même pas de louper la suite de l'expédition, les fêtes d'après boulot, les petites joies du petit monde social ; mon isolement me ravissait.

Falschfassung me rendit visite, heureux de ma guérison accomplie. Il avait apporté une omelette norvégienne à la framboise flambée au rhum.

– Alors, Libski, est-ce que les psys sont aussi médiocres qu'on l'imagine ?

– C'est pire.

– Content de vous retrouver, mon vieux !

– Racontez-moi, vous avez eu le temps d'observer deux animaux il me semble ?

– Oui, la cigogne et une espèce de saumon en voie de disparition. J'ai appris à pêcher comme un grizzli en quatre mois seulement ! Il faut se mettre à quatre pattes, genoux pliés, et pousser les saumons d'un coup sec d'une des mains libres, penché au-dessus de l'eau. Tac ! Comme ça.

Il renversa la cruche de citronnade.

– Et vous pensez quoi du mammouth ?

– Absolument rien. La préhistoire m'a laissé indifférent jusque-là.

Un temps.

– Je vous préviens, on parie déjà sur votre prochain coup de folie… J'ai parié cher qu'il n'y en aurait plus. Ne me décevez pas.

Sibérie

53

Dans le Transsibérien à grande vitesse, je repensais à Depardieu dans *Mammuth*, énorme sur sa moto énorme, à retisser le fil ténu de sa vie en milliers de fiches de paie, incapable de faire plus que grogner… Je n'étais pas ravi de retrouver le froid intense. Je revoyais ce géant russophile serrer la main au champion de karaté de l'ex-KGB, puis renfiler sa monture pour recevoir le prix Nobel, emmerdé par son fils incompris et borné. Je voyais les routes de Suède, les routes de la France profonde et tout un tas de souvenirs qui ne m'appartenaient pas. Je me souvenais de cette phrase de lui : « Les mots des autres je sais les dire, pour les miens je suis toujours le fils du vieux Dédé. »

Je m'éveillai. Gon-Pa mangeait un wrap saumon-Philadelphia bourré d'aneth frais. Elle en foutait partout. Ça la faisait rire.

Le professeur chef du centre de recherche Pouchkine-Zuckerberg aimait visiblement la peinture tchèque : le long des allées blanches et pleines de verre, rondes et lisses au bruit flippant d'entrepôt interspatial, trônaient deux reproductions : le *Potato Theatre* de Toyen et la *Valley of Sorrow* de Zrzavý.

Ce grand type à l'allure délicate, aux traits fins, pommettes hautes et sourire de dentiste de publicité, nous accueillit dans son bureau, au milieu des poufs poire et des bureaux à station debout. Il nous fit un bref historique du projet

Ice Age. Il y a plus de trente ans, des industriels européens, nord-américains, russes et chinois désiraient faire progresser la science à leur profit, sans alerter l'opinion publique outre mesure ni alarmer les gouvernements. Il fut décidé d'investir des sommes colossales dans la création d'un troupeau de néomammouths viables, symbole terrestre de l'alliance entre les peuples, aux temps reculés où l'humanité semblait unie.

Le néomammouth n'est pas un mammouth à proprement parler ; issu d'une hybridation entre un ovule d'éléphant et du matériel génétique spermatique d'éléphant modifié afin de coller au génome du mammouth laineux de l'île Wrangel (le plus récent, disparu vers 4000 av. J.-C.), il est plus proche d'un éléphant génétiquement modifié pour imiter un mammouth (certes jusque dans son ADN) que d'un véritable mammouth original et/ou cloné.

Cela n'a été possible qu'après le séquençage du génome du mammouth de Wrangel, à partir d'un mammouth congelé il y a 4 300 ans.

Falschfassung s'endormit à la troisième diapositive.

Le programme fut long, entre éthologues spécialistes de la paléoéthologie (étude du comportement des animaux anciens), soigneurs à former et grossesses contrôlées, cela faisait dix ans que le troupeau migrait chaque année en fonction des saisons. Bien sûr il s'agissait là d'une liberté étroitement surveillée.

Je n'arrivais pas à pénétrer le delirium ; je restais perplexe devant les pachydermes fourrés. J'en ressentais de tout mon être le tragique inutile de leur présence au monde.

Les langues se délièrent à la cafétéria et, alors que j'attaquais mon sandwich triangle au gouda mi-vieux, devant ma tasse de café en poudre et mon demi-litre d'eau pétillante italienne trop salée, Falschfassung compara l'entreprise à la statue chryséléphantine de soixante mètres en forme d'éléphant de Napoléon, restée à l'état de plan :

– On nage en plein délire. Ma mère me disait : « Tu n'accompliras jamais rien d'intéressant, aussi garde-toi comme la peste de toute velléité de grandeur. »

– Et ?

– Et ? Ah, bah, la deuxième partie de sa phrase me semble appropriée.

Le chercheur en chef du projet montrait des photos de ses enfants et racontait qu'à chaque retour chez lui il devait expliquer son refus de laisser son fils chevaucher un des mammouths. Gon-Pa sourit faiblement. Elle détestait les enfants et encore plus les gens qui utilisent les leurs pour avoir l'air aimable.

– De toute façon, Libski, le petit du scientifique a déjà tout compris. Il veut dominer, monter le monstre, le dresser.

– On ne va pas repartir sur le débat « la science *vs* la nature ». Ni l'une ni l'autre n'existent et vous le savez.

– Je faisais un peu de poésie, veuillez m'excuser. Cette histoire de résurrection nous rend tous un peu fous.

– Oui, je crois bien. Je me sens tendu et nerveux.

Nous nous préparions à une mauvaise surprise. J'essayais de poétiser le moment ; de me rappeler *L'Odyssée de l'espèce*, *Homo sapiens*, *Ao, le dernier Néandertal*, les articles du site Hominides.com apparus sur mon feed Facebook, ou *Rahan* ; mais déjà le mammouth y jouait au mieux le rôle de symbole, au pire de garde-manger. À dire vrai, je me souvenais surtout de Manfred dans *L'Âge de glace* et de sa tragique backstory familiale, seul exemple dans la fiction d'un mammouth protagoniste. À ma connaissance.

Falschfassung se rappelait le *Mammut trifft den Tod*, un fascicule illustré qui apprend le concept de mort aux enfants cancéreux des centres pour enfants atteints de cancer et autres maladies incurables ; à la question « Pourquoi le mammouth a disparu ? », le conte offre plusieurs réponses insatisfaisantes et dit que c'est la vie et qu'il ne faut pas avoir peur. La Mort est représentée comme une grand-mère mammouth aux joues roses, rigolote et les poches pleines de gâteaux, conductrice de trolleybus. Falschfassung avait rédigé le dossier préparatoire pour ce fascicule émis par le département santé de la Bavière.

– Des heures de boulot sur le stoïcisme et les mythes funéraires pour un « c'est la vie ». Ils prennent vraiment les enfants pour des imbéciles.

Nous étions en route pour les voir, en motoneige. Faciles à retrouver : ils étaient tous bagués.

– Ils ne craignent pas l'homme ! On les nourrit s'ils ne trouvent pas de quoi, ils reconnaissent les lieux de dépôt. On tue les prédateurs qui s'y attaquent, aussi.

Il hurlait contre le vent glacial.

– Ce n'est pas contre-productif pour leur réinsertion dans la nature ?

– Ah je comprends votre méprise ! Ça m'arrive souvent ! Il n'a jamais été prévu de les réinsérer ! L'objectif est d'atteindre cent individus et d'offrir les excédents à des zoos ou des laboratoires.

– Pourquoi cent ?

– Décision de la commission, je n'ai jamais su pourquoi !

Mon malaise allait galopant.

Nous atteignîmes le troupeau, regroupé sur un lieu de dépôt de nourriture. Ils reconnaissaient les chercheurs et les gardes antiloups qui les surveillaient vingt-quatre heures sur vingt-quatre. Ils avaient l'air contents de les voir, barrissaient de joie et caressaient tout ce beau monde avec leurs trompes et leurs yeux pétillants. Pas craintifs pour deux sous, je pus les caresser, jouer à la balle avec le dernier-né et même monter sur le dos d'un mâle. Ses défenses étaient munies de bouts ronds en matière molle – de la fausse fourrure ? J'oubliai de demander. Ils avaient tous des noms de dignitaires internationaux. J'ai fait quelques centaines de mètres sur Vladimir Poutine et Falschfassung sur John Fitzgerald Kennedy. Ils étaient heureux de faire la course. De nombreux selfies avec mammouths furent pris ce jour-là.

– Ils ne craignent pas les flashes, allez-y.

Je ne savais que penser au milieu de toute cette joie. Au bout d'une bonne heure, nous repartîmes. Un ou deux néomammouths nous suivirent de près, puis abandonnèrent, visiblement tristes de notre départ.

De retour à la cafétéria, le professeur s'exprima encore plus avant sur son travail :

– Devoir s'occuper d'eux constamment demeure un vrai défi, mais c'est ce que j'aime ici. On ne joue pas au petit sorcier sans assumer les conséquences. Recréer les mammouths pour les réintégrer dans leur environnement aurait été vraiment stupide, puisque cet environnement n'existe plus et, même s'il existait, il obéirait à des hiérarchies et des liens incompatibles avec l'espèce. Par contre, recréer une espèce grâce, par et pour mieux comprendre la génétique, là l'enjeu est réel, de taille. Les journalistes qui nous qualifient de monstres, de Frankenstein n'ont rien compris.

Les herbivores étaient dégoûtés, et j'étais d'accord avec eux.

– Quel besoin a déclenché cette recherche ? Pourquoi faire subir ça à des milliers d'animaux, exploités pour la recherche ?

– Cette recherche sera bénéfique dans des dimensions encore à peine appréhendées.

– D'accord. Bien. Pourquoi ne pas avancer dans les techniques de recherche indépendantes de l'exploitation du vivant dans ce cas ? Investir à cet endroit des sommes colossales ? Et la biosphère n'est pas perturbée par l'introduction de ces animaux ? Vous me paraissez bien naïf, professeur.

Amanda s'énervait.

– C'est vous qui l'êtes. Où placer la limite ? Il n'est pas question ici de singe qui fume ou de cochon tartiné de rouge à lèvres. La planète est un écosystème interdépendant et complexe. La biosphère ne se résume pas à des camps prédéfinis et à des positions au sein de ses camps. Je comprends votre engagement mais comprenez le mien ; je ne relativise rien mais vous invite à la nuance.

Elle partit en claquant son plateau sur la table. Yens répéta à voix tordue qu'il n'y avait pas de bonne réponse et le scientifique sourit à moitié, aimable, en opinant du chef.

Le soir venu, dans le train couchettes du Transsibérien à vitesse rapide, je m'étonnais d'avoir oublié la majesté et la présence physique miraculeuse de l'animal. Ou était-ce précisément l'origine de ma joie naïve ?

C'est vrai, ce miracle du progrès était un jouet fabuleux, presque un mirage. Et j'avais pu le toucher, le caresser, jouer avec comme j'avais pu jouer avec Arnold de son vivant. L'enthousiasme d'Eddy à propos de cette prouesse de la génétique, je le comprenais un peu mieux ; je n'avais jamais ressenti d'excitation particulière face à un idéal, alors peut-être avais-je entrevu ce sentiment-là, de l'ingénieur aéronautique face aux étoiles, de l'inventeur face à l'oiseau, bien avant les avions, de l'artiste face à une œuvre de ses aînés qui, lentement, se met à tâtons vers la sienne… Toute la nuit, je me pris à sommeiller, à essayer de comprendre à quel point il peut être agréable d'avoir des rêves.

Allemagne

54

Falschfassung avait mis *Marleen* de Marianne Rosenberg à fond dans sa Golf crème, en route vers les abords du beau Danube bleu.

Marleen, eine von uns beiden muß nun gehn,
Marleen, drum
bitt' ich dich, geh du, Marleen.
Dein Haar glänzt wie
ein Sternenfeld,
Dein Mund ist die Versuchung selbst.
CHŒURS : aha.

Voilà dix mille ans, un groupe d'humains avait élu domicile dans la grotte Charlevet-Lecouvier où furent retrouvées plus de deux cent soixante représentations de mammouths laineux. Pour être exact, la grotte se situe en Forêt-Noire, à l'aval du ruisseau Berg, un des deux qui forment le Danube.

Effet de style.

Sur ce point géographique enterré fondirent les premières interrogations existentielles : en cas d'absence de gibier ou de légumes-racines, y avait-il une glacière pleine de sandwiches triangle sur la Terre ?

Je me sentais livré à la boue, chancelant, du jour bleu et plein de givre terne montait une torpeur lasse et détricotée ; chaque pas goûtait le hasard, la pluie, les métaux lourds à trop faible dose dans l'air pour tuer sur le vif. Bientôt des chemins apparurent peu après le claquement inapproprié des portières de la Golf, sous nos pas, je regardai mes pieds – le ciel tout entier pesait d'un désert de coton collé à l'envers de mon manteau d'hiver vintage tiré aux chevilles, doublé de fausse fourrure.

La grotte était étroite, il fallait ramper ou se mettre à quatre pattes pour y entrer ; après un passage de ce diamètre sur quelques pas, le couloir s'ouvrait sur une cathédrale de calcaire en forme de bulle, éclairée par de fines stries venues d'ouvertures invisibles ; dans la pénombre, ces minces fils de lumière quadrillaient les silhouettes des pachydermes de manière si informatique, si nette, que je crus d'abord voir quelque laser de mesure sorti d'un mètre tridimensionnel d'archéologue 2.0.

Nul doute, voilà mille ans, deux mille, plutôt dix, le soleil passait par les mêmes limites. Nous étions stupéfaits, arrêtés. Karoo prit la parole :

– Alors ? C'est pas magnifique ? Mes parents m'emmenaient là, en vacances. Je suis devenu artiste comme ça. J'étais là…

Il se mima, enfant, pris d'une fascination tentaculaire et motorisée, effroyable d'odeurs futures de térébenthine et de poils synthétiques colorés du faisceau cristallin déballé par Newton.

La journée était serrée ; la veille, Bear Grylls avait présenté quelques astuces de survie en forêt : comment se repérer, allumer un feu, pourquoi boire sa pisse. Rien de plus que dans son émission. Au dessert, il avait avoué tout de même subir plusieurs lavages d'estomac par an. « You know you can't digest a scorpion properly without some training.

Sometimes the food isn't cooked enough. My bad ! Ah ah. » Quel crétin. Il était reparti en hélicoptère et j'avais dû chercher des branchages pour bâtir la hutte devant la grotte.

Aujourd'hui, nous devions nous consacrer à toute forme d'art lithique. Du paléo au néo. Je perforai la peau du tambour primitif, je fus incapable de faire une tasse en argile et ma sculpture en terre s'effondra dans le four.

Je ne voyais pas ce que je foutais là ; Falschfassung avait bien compris la joie des peintures corporelles de chasse, et comprenait bien toute l'hypothèse spiritualiste autour des peintures de mammouths. Il était étonnamment très doué en taille de pierre, subtil dans le petit coup sec pour détacher les lames de silex.

Je me sentais faire honte à tous ces spécialistes, ces scientifiques sympathiques venus nous rendre le fruit mémorable de leur travail de fond. Je restai des heures assis à ne rien faire dans la grotte, dos contre la paroi humide, dans la pénombre. Tout me paraissait cotonneux et abject.

Karoo vint me voir.

– Alors ce n'était pas de l'art, ton histoire de gnous ? C'était de la philosophie ?

– Si on veut.

– Tu n'es pas enthousiaste face à tout ça ? Moi, à ta place, je me dirais : « À quoi ils pensaient, ces hommes d'il y a dix mille ans ? »

Je repris un peu contenance. Et il s'en alla, lui et sa gueule de Courbet pleine de peinture et de cheveux dorés.

Je passai à côté de cette période ; je zappai l'atelier chasse & pêche, l'atelier ciel & espace, l'atelier chasse & danse autour du feu ; je refusai les invitations à danser de Gon-Pa, à peu près tout. Je suis de ceux qui virent et revirent le plus chaque parcelle de la fresque.

Je m'endormis là-bas, je voulais tant qu'un homme m'apparaisse en rêve ; un homme de ces temps anciens que tout le monde croit plus proche de quelque chose de perdu. Je voulais son secret, sa vérité, une délivrance en forme de peinture rupestre.

Il ne vint pas. Je me réveillai avec un atroce mal de dos pendant que l'équipe repartait, émerveillée.

On allait observer le dernier animal.

Pacifique Sud

55

Garder le plus grand animal migrateur du monde pour la fin était une bonne idée ; comme il passait par le Pacifique Sud, ça faisait une bonne excuse pour se dorer la pilule et boire des piña coladas par hectolitres.

La sterne arctique ressemble à cet individu insignifiant milliardaire ou génial ; l'air de rien, et bardaf l'exceptionnel est là, sous le nez, silencieux. Cet oiseau au bec orange, à la tête noire, au corps de plumes blanches, long d'une trentaine de centimètres, quatre-vingts d'envergure, parcourt 38 000 kilomètres par an, pour 800 000 dans toute une vie. Son habitat d'hiver est en Antarctique. L'équipe a triché un peu ; l'on a bagué quelques spécimens capturés juste au-dessus, enfin façon de parler, dans le sud du Pacifique.

Le soleil m'apaisait. L'on bagua la mienne, « Suzie », une femelle qui finissait sa première traversée du monde ; on l'enregistra sous le matricule GUINI9295, et à peine envolée un requin la bouffa, d'un coup de gueule. Comme ça. C'en était trop.

Je me ruai sur la plage où une tortue aurait dû apparaître. Mais rien ; du sable blanc, le cheptel de cocotiers déprimant et l'eau d'un bleu translucide à faire mourir de désespoir.

Falschfassung bronzait nu, en lunettes de soleil façon Michou.

– Allons bon, Libski, on en capturera un autre, d'oiseau !

Je hurlai. Je me laissai tomber sans bruit sur le sable.

– Vous savez, Libski, j'avais neuf ans. Nous étions sur cette plage avec mes parents et, pour une raison qui m'échappe encore aujourd'hui – j'avais dû voir une publicité pour un pistolet à eau ou une piscine gonflable –, je tenais fermement à faire la bombe de quelque hauteur ; je trouvai une dune en bord de mer, sautai et l'éclaboussure fut dantesque. Mirifique. Seulement mon maillot avait disparu ; une tortue de mer s'en était emparée et s'était enfuie au loin ; je les observai disparaître, elle et le point jaune de mon maillot dans l'eau turquoise.

Belgique

56

J'étais parti comme un voleur en prétextant une dépression nerveuse. C'en était sans doute une. Je loupé tout : la grande cérémonie de fin, pour marquer la conclusion du voyage, tout le tralala. Je ne répondais pas au téléphone. À personne.

Ce soir-là, à l'Augustin, Eddy avait invité Seu Jorge à chanter ses reprises de David Bowie. Eddie fêtait, en face de moi, sur la banquette, la fin de son projet de memento mori géant en forme de planète Terre.

Il me raconta ce soir-là, pour la première et ultime fois, deux éléments essentiels : pourquoi l'orthographe de son prénom variait, d'ailleurs il ne fallait pas y accorder trop d'importance, et pourquoi Manhattan.

Pour l'orthographe, c'était un acte de rébellion discret. Il voulait réintroduire de la liberté dans le code, injecter de l'air frais dans la langue, combattre les fossiles vivants et leurs prescriptions pathogènes sur l'orthographe. Tout comme Voltaire qui écrivait philosophe, filosoffe, philosofe, filosophe indifféremment, Eddie encourageait le monde, et lui-même, à s'écrire en variantes infinies. Eddie, Eddy, Edi, Äddi, Ayddie, Edi.

Après quelques recherches, tu appris à la bibliothèque, un soir de tempête de neige, que Nouvelle-Amsterdam (en néerlandais Nieuw Amsterdam) était le nom de l'établissement néerlandais implanté au dix-septième siècle sur l'île de Manhattan par la Compagnie des Indes occidentales.

Lien historique avec ton véritable patronyme. Il n'en fallut pas davantage.

– Alors, chouette version de *Rebel Rebel* hein ?

– Ça convient bien à mon humeur mélancolique.

– Oh, alors la sterne arctique ?

– Elle s'est fait bouffer par un requin. Enfin, la mienne.

– La tienne ?

– Celle qu'on a baguée pour moi. Les autres sont arrivées à traverser le monde. La mienne a fini en caca de squale.

– Dur. Et bien sûr, tu y vois un signe.

– Bien sûr ! Tu veux y voir quoi d'autre ?

– Un hasard à la con ! Tu veux y voir quoi d'autre ? Les requins sautent la gueule ouverte et mangent les oiseaux. C'est comme ça. Tu dois te protéger, un peu. Tu veux déprimer toute ta vie ?

– Voilà, je finis mon verre.

– Impossible animal.

Carlos se déhanchait en nettoyant les tables et Seu Jorge mettait un feu tranquille à l'ambiance. Des couples de vieux professeurs se risquaient à de discrètes danses chaloupées.

– Allez, on va danser.

– Avec toi ?

On se dirigea vers l'espace près de l'entrée, où la guitare glissait le long des notes, écartait les tables pour laisser les gens danser.

Géant de papier au milieu de la piste, je remarquai à quel point Eddy était grand et fin. D'abord je bougeai raide comme un piquet, la tête en métronome décalé, puis il prit mes mains et nous fîmes quelques pas de rock sans nous presser ; il me poussa à l'imiter, en rythme, sans faire d'effort. J'avais plus de mal, et je me pris à rire par petites touches de cette raideur, de mon retard à moi.

Arriva un morceau plus long, plus doux ; il me pressa contre lui, et dans le slow portugais aux chaleurs calmes, je me laissai aller à pleurer contre son épaule ; il me caressa la tête.

Il reprit ses mouvements rythmés lorsqu'une musique plus vive revint, je l'imitai avec peine de nouveau. J'étais heureux, maladroit, à suivre ses mouvements souples, fins, délicats, il sourit plus fort que moi, ferma les yeux et dansa le *Starman* portugais, emporté par la musique.

Je m'écartai, il était seul, gracieux, magnifique, la salle battait le rythme de ses cuisses, le monde lui appartenait, Jorge souriait derrière lui sur l'estrade, la guitare le suivait. Il en rajouta un peu, Eddie, fit quelques mouvements de capoeira.

Le dernier de ses pas s'éteignit, haletant, il salua la salle qui applaudit à tout rompre, certains sifflèrent d'enthousiasme.

Il commanda une dernière pinte de Primus qu'il but presque d'un seul coup.

Tout dans les traits de son visage disait ça va aller, ça va aller sous les chapeaux tressés à l'ombre, au milieu des hamacs et des siestes d'après-midi, aimés par le tendre soleil rose du bout du monde, le niveau à bulle de l'âme.

Je reçus une semaine après, dans une enveloppe, une série de quatre photos sorties d'un photomaton.

Le dernier cadavre, c'était lui.

57

Il y a un passage dans *The Bell Jar* où Sylvia Plath s'imagine assise en bas d'un figuier, et voit dans chaque fruit une vie envisageable. Choisir une figue, c'est renoncer à toutes les autres. Et à mesure qu'elle attend, sous ce figuier, les fruits tombent, pourrissent, et chaque vision de l'avenir s'évanouit. On pourra objecter qu'elle est devenue une poétesse mondialement reconnue.

Je restai là, longtemps, à la maison. La mort d'Eddy m'avait coupé net. Falschfassung s'occupa de mon dossier de présentation à l'ONU, père eut l'air content. Il me présenta à des tas de gens, l'espoir au bout des lèvres qu'à partir de là je m'élance quelque part.

Je regardai par-dessus les fronts et les épaules. Tout était vaporeux, gris-bleu, métallique et froid. J'allai dans la salle de bains et je contemplai mon planisphère derrière le miroir, avec ses petites aiguilles pour le nom des villes et les couleurs vives de chaque pays visité. Puis je refermai l'armoire et, face au miroir, j'essayai de ne pas me refléter dedans.

Après un certain temps à la maison, je fusionnai avec le canapé. Père fit venir des hypnotiseurs, des psychiatres, des magnétiseurs. Je leurs parlai de chants de cétacés plus aigus, de longues et lourdes évanescences bleues autour d'un bleu plus mouillé ; de mollesses tendres au milieu des golfes et des eaux du Pacifique et de l'Atlantique. Au bout d'un porte-clés un point rouge lumineux se plantait au hasard dans les eaux des planisphères.

Mère n'approuva pas. Je dessinais des baleines sur la tapisserie avec un feutre turquoise. Je mangeais de moins en moins. J'errais des heures, entre la télé, YouTube et le canapé-lit. Je perdis la force d'allumer quoi que ce soit.

Beaucoup d'épisodes de *Cauchemar en cuisine*, de *Regular Show* et des tas de vidéos *Tasty* de cuisine vegan. *Binging with Babish* aussi. J'aimais cette esthétique épurée, aux couleurs basiques pour hommes : gris clair, bleu nuit, blanc, bois clair, sable, pastel. Tous les instruments étaient propres, à chaque fois. Les épices dans de petits bols disparus de l'écran, de la table de travail, une fois vidés. Uniquement des mains agitées dans un décor coloré pour infuser l'esprit de l'internaute avec des images parfaites de plats parfaits. La voix de Babish, chaude, tatouée, à la narration de velours.

Je pourrais me retirer dans les bois en autarcie. Cultiver mes champs à la force de mes bras musclés par le passage rituel des saisons ; porter un chapeau de paille, épouser Caroline la fille du paysan d'à côté, appeler ma fille Laura et avoir un meilleur ami barbu aux chemises de flanelle à carreaux rougeoyants sous la lumière géorgique du matin calme.

Devenir militant antispéciste et niquer des féministes à coups de rêves révolutionnaires et de club maté en bouteilles recyclables de 25 cl.

Chef vegan, lancer ma chaîne YouTube et prouver au monde entier que l'on peut manger sain, avec goût, élégance et sans cruauté aucune, le tout surplombé d'une moustache de mascotte pour épices de supermarché.

Photographe animalier et parcourir le monde en vendant mes images de tortues de mer à *National Geographic* ou à Écologie les Verts, losers investis d'une mission, éternelles oppositions politiques au sein de systèmes démocratiques par coalitions dont les votes sont des chiffres flottants, ultimes traces d'un rêve nostalgique où la source mythique, imparfaite, s'est vue dissoute dans la perpétuelle réécriture d'une société oublieuse de ses fantasmes et qui, désormais, les prend hélas pour une réalité révolue.

Ouvrir un refuge pour animaux et glisser dans un gilet polaire à tirette à l'odeur musquée de pisse de chat, vivre comme un grief personnel chaque bestiole euthanasiée, taper du poing en me retirant sous la pluie battante pour hurler mon impuissance à Cathie, ma secrétaire, et lui dire, les yeux dans les yeux : « Plus jamais, Cathie. Plus jamais. Bubulle sera le dernier. »

Publier des livres et me retrouver aux coordonnées cosmiques exactes là où chaque best-seller se produit et enfle, assurer mon prestige et l'honneur des Libski pour les siècles des siècles.

Devenir politicien au parti des Verts. Il aime beaucoup cette idée, père. Il me l'a même subtilement proposé en invitant un ami à lui, vétéran du parti : sa paire de baskets rebelle, et ses anciens cheveux roux.

Faire revenir l'animisme à la mode et fonder une secte, un culte, un ashram dans un lieu reculé où à défaut de les trouver pour moi je donnerais des tas de solutions aux autres, en profitant de la brise fraîche sous mes bourses, offertes au vide spatial d'une robe blanche.

Carrément retourner moi-même à l'état sauvage. Ouvrir la porte coulissante qui mène au jardin, déchirer mes vêtements, oublier le langage et la société des hommes, courir à perdre haleine à la conquête des derniers parcs protégés, derniers points de verdure intacts, et apprendre à pisser en levant la jambe.

Ou prendre un job qui n'a rien à voir et tenter de vivre une vie d'être humain. Un poste de professeur de philosophie comme Falschfassung. Dans une université quelque part. Petite mallette, petite plante verte, petits flirts avec les doctorantes, petit bébé, petite chambre repeinte en bleu à l'annonce du sexe, petit chien de berger, petit double garage, petits séminaires internationaux avec petites mains de grands académiques pour serrer la mienne, petits ouvrages tirés à un demi-exemplaire, petite notoriété proprette dans la grande chaîne des archives absconses de la quête industrieuse de la connaissance et du savoir. Gros Hummer pour compenser, et frigo américain qui fait des glaçons pyramidaux.

Ou repartir, refaire encore et encore mon tour du monde et mon rapport.

Penser à chacune de ces choses dans tous les détails suffit à épuiser la journée.

58

À un moment donné, la question en vint même au sommeil. Le trouver.

Je restai assis dans le vide, paralysé, les articulations pleines de fourmis à l'arthrose couic-couic, les joints pleins de lag, en seize frames par seconde.

Affronter le souper parental était hors de question, encore. Le silence tendu, encore. Une remarque sur mon T-shirt transpiré sur une semaine, encore. Sur mon pantalon resté seul dans ma chambre, encore.

Je me rasai, me douchai, mis une chemise gris clair avec un complet pastel rose d'été, il faisait bon, j'allai manger à l'Augustin.

Rien n'avait changé. Carlos nettoya la table et je pris la carbonnade végétalienne. En moi, je me sentais toujours vêtu d'un slip taché d'urine et de sueur, d'un T-shirt faisandé et d'une barbe fleurie à coups de négligence. Carlos dut le remarquer.

– Oh mon copain, tu es de retour ! Ça ne va pas bien ? Et ton ami il ne vient pas ?

– Il est mort, Carlos.

Il marqua un temps d'arrêt. Assez pour qu'une goutte d'eau descende le long de son chiffon et tombe au sol.

– Ah, Dieu veille sur lui maintenant. Tu n'as plus besoin de le faire.

À l'intérieur des baffles du plafond, Florent Pagny chantait les plus grands succès de Luis Mariano.

Des filles que je ne connaissais pas circulaient entre les tables, le bar, Maher toujours aussi gras, toujours près des frites. Je m'étais mis en face de la banquette, l'espoir ténu d'entendre la porte, derrière, s'ouvrir et laisser passer Eddy Manhattan, le grand photographe.

Quelque chose d'égocentrique en moi se manifesta et de sa gueule béante pleine de dents de requin déclara : tu ne peux plus lui poser de questions.

Si !

Mais il ne pourra plus répondre.

Et toutes les tartes meringuées devinrent fadasses.

59

Je repensai beaucoup à 52 Hertz. Je voulais déterminer pourquoi elle continuait, sans relâche, à vivre, à migrer, à chanter, sans personne pour lui répondre. Quelques années auparavant, lorsque l'équipage l'avait aperçue, la spécialiste avait affirmé :

– Certains disent l'instinct. D'autres l'espoir. En vérité, ce ne sont que des hypothèses. On ne sait pas vraiment. À titre personnel, je suis persuadée qu'il s'agit d'espoir. J'ai une idée d'elle très noble, vous savez. Et l'espoir et l'instinct, c'est peut-être la même chose.

Je me sentais proche de ses idées sirupeuses et roses. J'aurais voulu y croire et les aimer ; les incarner.

Bien sûr, d'après père, il me faudrait transformer ce lien à l'animal en quelque chose d'utile. Peut-être trouver pourquoi 52 Hertz continuait, elle, et suivre la même voie. Après tout, des perroquets, des chats, des chiens, des gerbilles se laissent mourir de désespoir.

Je n'avais plus envie de rien, sauf de vivre pour attendre un déclic, quelque chose, un résultat à mon expectative forcenée. Père me proposa encore mille voyages, mille projets, mais sans conviction. Mère s'inquiétait en souriant, crispée. Elle en était aux bijoux de verre faits main et à son sixième iguane. Hope VI n'aurait aucun problème respiratoire majeur, lui.

C'est alors qu'un paquet arriva par la poste.

Cher Théo-Jim,

Si tu reçois ce paquet, c'est que tu es en slip chez toi, incapable de maintenir une hygiène personnelle décente après ma mort. N'y vois aucune mégalomanie ou manipulation affective de ma part, c'est ainsi. Je suis mort.

Mais j'ai voulu veiller sur toi. J'ai d'abord pensé à te faire légataire de mon œuvre, et puis je me suis dit non. Tu en aurais été incapable, et puis ç'aurait été un prémâchage trop facile. BOUM *! Je t'offre un métier à vie, un sens, une direction… Au fond, tu n'aurais pas aimé cela, tu es trop fier.*

Tu ne t'en tireras pas facilement. Tu as beaucoup de choses à faire. Quitte ton slip, mets-en un propre, habille-toi net, fais ta valise et file en Alaska. Voilà tes billets, quelqu'un viendra te chercher.

Un jour, au milieu d'un gros orage, si tu vois un nuage se former qui ressemble à ma tête, libre à toi d'en déduire que j'essaie de rentrer en contact.

Je t'aime, jeune torturé.

Amitiés de l'au-delà,

Eddie Manhattan

Alaska

60

Je partis donc pour l'Alaska, non loin des terres où nous fûmes jadis bloqués pendant des semaines par les glaces.

– Hey good lad, nice to see you again !

Mark Hollis, à la sortie de l'aéroport international Ted-Stevens d'Anchorage, vêtu d'un épais manteau imitation phoque, tenait une pancarte avec mon nom mal orthographié.

– You are the one whom Eddie…

– Yes of course ! When Eddie asked me to do that, I said yes ! We have a long history together. He helped me with my fugue. I mean run away but you noticed the wordplay in French right ? A fugue is also a musical fugue ? Like Bach ?

– Yeah, right. Yeah. You knew him ?

Il me raconta comment, un soir chez Mother Mash, un restaurant londonien qui ne sert que des saucisses-purée jusqu'à des heures indécentes, lui et Eddie avaient refait le monde en avalant moult Guinness, et des tonnes de pommes de terre écrasées, noyées dans le beurre de ferme, le lait entier, la petite touche de muscade. Sans oublier les saucisses épaisses à la chair généreuse, recouvertes de sauce brune fumante aux parfums relevés de bière blonde, de sirop de Liège ou de porto.

La fois où ils avaient pêché un poulpe géant dans la Tamise pour un clip environnemental ; la fois où ils avaient dragué pendant des heures une fille sourde sans s'en apercevoir. La fois où ils avaient grimpé au sommet des grues de chantier pour laisser du chocolat Marcolini et un poème de Byron sur un post-it aux grutiers absents. La fois où ils avaient joué l'hymne national britannique sur un synthétiseur pour enfant devant un garde immobile du palais royal.

– Where are we going ?

– I can't tell you. But I'm very excited to show you the… I mean.

– Don't tell me we are going to eat mashed potatoes.

Le taxi s'éloignait de plus en plus de la ville et de toute présence humaine. Bientôt, l'océan devint visible. La terre du soleil de minuit touchait l'onde glacée.

Le taxi s'arrêta non loin d'une plage déserte, au milieu de nulle part.

Mark m'invita à sortir, chercha une sacoche dans le coffre et se dirigea vers l'eau.

Il y avait une petite embarcation à moteur.

Une fois à bord, il déplia un immense micro et développa le câble qui le retenait. Assis en face de lui, je l'observai, sonné.

Pendant une bonne heure, sans rien me dire, il fila au milieu de l'océan, concentré sur le pilotage.

Il arrêta le moteur. Il balança, comme une fronde, le micro au-dessus de sa tête et le micro vola dans les airs une dizaine de mètres plus loin puis, dans un plouf, s'enfonça dans l'eau.

– What the f…

– It's waterproof.

Ensuite il relia le bout du câble resté dans le bateau à une console de la taille d'une boîte à chaussures, fit quelques réglages, et déroula un deuxième câble, connecté de l'autre côté de la console. Le bout de ce câble présentait un micro, lui aussi.

– Sing ! Talk !

– What ? Oh, OK.

Tout ce qui me revenait en tête, c'était la voix minimaliste et spectrale d'Arthur Russell ; son *Answers Me* de l'album *World of Echo*. L'impression d'instinct.

Debout, a capella, je chantais faux, tout doucement, de plus en plus raide, la barque tanguait au rythme de mes petits gestes pour garder l'équilibre, de ma voix de plus en plus hésitante. Mark scrutait l'horizon.

Une vieille baleine sauta en l'air. Si élevée au-dessus des flots, si massive. Plusieurs fois elle bondit puis se laissa retomber sur le dos.

Lorsque je m'arrêtai de chanter, elle nagea jusqu'à nous, et je vis son œil posé sur moi. Le même regard puissant qui m'avait compris, des années auparavant, dans la bulle de verre sous-marine.

Je me mis à genoux. Elle chanta, longtemps, avec plus d'assurance que moi. Quelque chose de mélancolique, de fragile, un mélange de blizzard violent le long des murs d'une cabane perdue du Groenland, un sonar de sous-marin de la guerre froide et le roulis du diamant sur une platine, le tout perçu de plus en plus loin, pareil à un marchand de glaces évaporé dans le soleil estival.

Un silence peuplé d'eau à peine froissée, puis elle nagea vers le large jusqu'à ne plus être qu'un reflet minuscule parmi d'autres au bout de mes larmes.

En me relevant, la barque tangua fort, je faillis même perdre l'équilibre.

Remerciements

Je souhaite remercier vivement Laure Limongi pour ses précieux conseils, sa pédagogie lumineuse et tout ce qu'elle m'a transmis à propos du métier d'écrivain ; elle a su me donner le coup de pouce (pour ne pas dire le coup de pied aux fesses) dont j'avais besoin à un moment crucial, et je lui en serai toujours reconnaissant. Je tiens à remercier également Tanguy Charlier, Joseph Fabro et Nicolas Laurant pour leurs retours utiles et parfois à des heures indécentes, leur soutien amical ô combien précieux.

À propos de mes travaux de recherches, comment ne pas être reconnaissant à Florence Compagnie qui a eu l'amabilité de traduire en gaumais les passages que je lui ai confiés.

Enfin, j'éprouve le plus vif sentiment de gratitude à l'égard d'Olivier Cohen et Clément Ribes, des Éditions de l'Olivier. Grâce à eux, j'ai pu *vingt fois sur le métier remettre mon ouvrage*, et progresser. Leur confiance m'honore.

RÉALISATION : NORD COMPO À VILLENEUVE-D'ASCQ
ACHEVÉ D'IMPRIMER SUR ROTO-PAGE
PAR L'IMPRIMERIE FLOCH À MAYENNE
DÉPÔT LÉGAL : AOÛT 2019. N° 1492 (94500)
IMPRIMÉ EN FRANCE